ウチのセンセーは、今日も失踪中

山 本 幸 久

幻冬舎文庫

ウチのセンセーは、今日も失踪中

1

「きみの絵柄は青年誌向きだねえ」

陽に焼けた彼は、豊泉宏彦《とよいずみひろひこ》の思い描いた編集者とはずいぶんイメージがちがっていた。いい歳のオジサン、たぶん三十代もなかばと思われるが、えらくチャラい。まるでサーファーだ。宏彦にはサーファーの知り合いなんかいないけど。

「そうですか」

声が裏返ってしまった。しかしそれを恥ずかしいと思う余裕は宏彦にはなかった。編集部にはじめて、原稿を持ち込んできたのだ。

「まだ時間ある？　いまメジャーズに電話すんからさ。そっちにこの原稿、持っていきなよ」

どう答えていいかわからず宏彦は固まったまま、サーファー編集者の動きを目で追っていった。ソファから立ち上がった彼はいちばんちかい机にある電話の受話器をとって、ボタンをいくつか押した。

「シモシモォ、BBの小瀬《こぜ》だけども」

BBはボーイボーイの略称で、少年漫画誌だ。宏彦が持ち込みにきたのはその雑誌の編集部である。小瀬には原稿を渡す前に、名刺を貰った。

でもシモシモって。

「イセザキ？　いまさ、うちに漫画の持ち込みにきてる子がいんだけどさ。その子の原稿、見てやってくんない？　え？　うん。うまいんだけどさ」うまい？「BB向きではないんだよ。メジャーズのほうがよかんべえと思って。ヨロピクゥ」

電話を切った小瀬は、「このすぐ階下がメジャーズの編集部で、そこにイセザキというのがいるんで、訪ねてみて」とにっこり笑った。信用できる微笑みではなかったが、従うよりほかなかった。


メジャーズの編集部は、BBと変わらぬ広さっぽいが、より雑然としていて狭く思えた。なにより驚いたのは、もうもうと立ちこめる煙草の煙だ。ここにいたら燻製になるんじゃないかと思うほどだ。

入ってすぐ右のソファに五人の男が陣取り、煙はそこから湧き出ていた。みんな押し黙ったまま、煙草を吸っているのだ。ひとりは電子タバコだった。

　この中のだれかがイセザキさんってこと？

　しかしたしかめようにも、声をかけられなかった。とてもではないが、そんな雰囲気ではないのだ。どうしたものかと考えていたところだ。

「きみ」女性の声がした。「持ち込みの？」

　宏彦は編集部を見回した。あのひとか。窓際に本や雑誌に埋もれた机があった。そのむこうにショートボブの女性が顔をのぞかせていたのである。

「豊泉くん？」

「あ、はい、そうです」

「イセザキです」ショートボブの頭をぺこりと下げる。

　女性だったのか。

「編集長」

「あん？」電子タバコをくわえた男がイセザキのほうをむく。

「かれこれ一時間近く、だれも口きいてませんよ。どっか場所変えたら、気分も変わってアイデアでるんじゃないですか」

「そういや俺、今朝、原稿仕上げたあと、なんにも食ってないなあ」

編集長のむかいにいる男が言う。宏彦の立つ位置からでは背中しか見えない。でかい背中だ。イセザキの視線は編集長から彼に移っていた。

「そのせいで、いいアイデアでないんでしょう、マエダさん。腹が減っては戦はできぬですよ」

「イセザキの言うのは一理あるな。マエダさん、ひとまず表にでましょうや」

「了解です」

編集長が言うと、マエダと呼ばれた男は、煙草を揉み消した。他の男達もだ。そして一斉に立ちあがる。だれひとり背広ではない。マエダに至っては色褪せたトレーナーにジャージだった。首まわりは緩み切って、袖はボロボロである。近場のコンビニへいくのも、憚られるような格好だった。

五人の男達はぞろぞろと歩きだし、宏彦の脇を通り過ぎていく。彼らと目をあわせないよう、顔を伏せる。すると肩をぽんと叩かれ、宏彦はびくりと身体を震わせてしまった。

「持ち込み？」

マエダだった。宏彦は身長が百七十センチちょっとだが、五センチは高いだろう。胸板も厚い。漫画家というより、格闘家のようだ。

「は、はい。あ、あの、もしかして『ヤンキーエスパー』の前田公平さんですか」

「『エスパーヤンキー』ね」と編集長が訂正する。

「す、すみません」宏彦は慌てて詫びる。

「いや、いいんだ」前田は笑った。「自分でも間違えるし。はは。読んでくれてるんだ」

「は、はい」読んでいたのは中学の頃で、それも単行本四、五巻までにすぎない。つい先日、地元の本屋さんに足を運んだ際、最新刊第二十何巻だかがあって、まだ連載していたのかと驚いたくらいだ。

「頑張って」

「あ、ありがとうございます」

思わず礼を言う。前田はにやりと笑い、編集部をあとにした。

「原稿、見せて」

女性の声が間近で聞こえる。いつの間にかイセザキがごく間近まで辿り着いていたのだ。ベージュの長袖シャツにジーンズというラフないでたちの彼女は、ソファに座り、スマートフォンをテーブルに置き、催促するように右手を差しだしてきた。どの指も細くて長い。宏彦はこの一ヶ月、心血注いで描いた三十枚の原稿が入った封書をその手に渡す。

「立ってないで座ったらどう？」

「あ、はい」

前田が座っていた場所に腰をおろす。まだ温かみが残っていて気持ちが悪い。目の前にあるアーモンドの形をした脚の短いテーブルには、スチール製の灰皿がいくつも無造作に置いてあった。どれも吸い殻が山となっている。他にも飲みかけの缶コーヒーや、空っぽの紙コップ、パーティ開けをしたポテトチップの袋、茶渋がこってりついたマグカップ、落花生の殻、皮を剝いて半分だけ食べたバナナなんてものまであった。

そんなゴミ屑に囲まれ、水着の女の子が宏彦の緊張を解《ほぐ》すかのごとく、にっこり笑っていた。写真である。メジャーズの表紙なのだ。そこには『極美バスト降臨♡　悶絶純情グラビアアイドル　上山仲子《うえやまなかこ》　サイン入りチェキプレゼント』と書いてあった。『極美』はゴクビと読むのか、それともキョクビなのか。どっちでもいいか。

「うちの最新号」

イセザキが言った。俯いたまま、宏彦の原稿からは目を離さずにである。その目つきは読むというより鑑定しているかのようだった。

三十代っぽいがどうだろう。オバサンとは言い難い年齢だが、オネエサンにしては薹《とう》が立っている。このくらいの歳の女性は宏彦の身近にいなかった。母親は五十過ぎだし、妹は十四歳だ。バイト先のガソリンスタンドは、オジサンばっかりである。小中高と通っていた学校の先生の中にいたかもしれないが、はっきり思いだせなかった。

化粧っ気はほぼない。目鼻立ちがはっきりしていて、唇が薄い。細面で顎が尖っている。美人といっていい顔立ちだ。難を言えば鼻が少し上をむいている。似ている女優が幾人か頭に浮かぶ。

ジーンズはところどころ穴が開いていた。右足の膝のがいちばん大きくて、そこから見える白い肌が妙に生々しくも艶めかしく、気づかぬうちに目がいってしまう。

「読んでていいよ」イセザキの声に、宏彦は咎められたわけでもないのに、慌てて視線をそらした。「まだしばらく時間かかる」

「あ、はい」

宏彦はメジャーズを手に取り、表紙をめくった。いちばん最初のページもやはり上山仲子で、さらに際どい水着姿で肢体を晒していた。今度は笑っていない。物憂げな表情で、こちらを見つめている。

いかん、いかん。

自分の部屋ならばゴクビだかキョクビだかのバストをじっくり吟味するが、いまはそうはいかない。さらに数ページ、上山仲子のグラビアはつづいたが、興味がないとばかりに捲《めく》っていく。

巻頭カラーは『エスパーヤンキー』だ。『極悪非道ゾンビ編』と副題が付いている。昔と比べ、いやにマッチョになった主人公が、若くて半裸のゾンビ集団と死闘を繰り広げていた。彼女達はみなバストが九十センチ以上はあった。つぎに読んだのは野球漫画だ。選手全員がおんなだった。しかも全員、バストが九十以上。三番目に読んだのは、サラリーマンものだった。カメラのメーカーが舞台らしく、製品のカメラの性能をたしかめるために、なぜか街にでて、道ゆく女性をナンパしてスタジオに誘いこみ、裸にして撮っていた。被写体になる女性はみんなバストが九十以上。

四番目に読んだのは、得意な料理で事件を解決に導く刑事が主人公だった。整形したうえに身分を偽り、東北の田舎町に住む保険金殺人を犯したバスト九十はある女性の指紋を取らんがため、彼女がときどき足を運ぶラーメン屋で、主人公の刑事が料理人を装い張りこむという、あり得ない設定だ。しかし、バスト九十の女性以外は地味ながらもリアルな描写で、読み応えはあった。ただし致命的な欠陥のせいで、残り二頁でがっかりしてしまった。保険金殺人の女の注文で、刑事は自慢の腕を振るい、肉汁たっぷりで、絶妙な焼き加減の餃子をつくる。これがめちゃくちゃマズそうなのだ。とても餃子に見えない。まるでナメクジみたいだったのだ。

メジャーズの編集部は、しんと静まり返っていた。同じフロアのべつの編集部には何人かいたが、それぞれ仕事をしており、ひとの声はまるでしない。聞こえてくるのはパソコンのキーボードを叩く音だけだった。

「この原稿、うちの新人賞にだす気ある？」

イセザキは宏彦の手からメジャーズを奪うように取ると、ペラペラと捲り、うしろのほうのページを開いて、宏彦にむけた。『第八回メジャーズ新人賞募集！』という見出しがまず目に入る。『メジャーズでメジャーデビューを飾ろう！』とも書いてあった。冴えない惹き文句だ。だが肝心なのはその下だった。

「大賞百万円」うっかり声にだして、読んでしまう。

「どう？」

「あ、いえ、はい」

「どっち？」

「だ、だします」

「来月末が〆切で、選考会は再来月末」いまは五月だ。「雑誌での発表はさらに先だけど、その前に結果は報せるよ。念のため、名刺渡しとく」

イセザキが差しだす名刺を宏彦は受け取った。『伊《い》勢《せ》崎《ざき》聡子《さとこ》』。肩書きは『編集者』だ。

「今日はこんなとこで」

伊勢崎はさっさと原稿を封筒にしまう。

いやいやいや、ちょっと待ってくれ。こっちは長距離バスで富山からでてきたんだぞ。往復一万円以上かかっている。原稿を渡して帰るだけじゃあ、いくらなんでも割にあわない。

「ぼ、ぼくの漫画はどうだったんでしょうか」

「どうだったって？」

「つ、つまりその、感想を聞かせてほしいのですが」

「感想？　感想ねぇ。いいとこと悪いとこ、どっちを先に言ってほしい？」

宏彦はごくりと唾をのみこみ、「悪いとこを先に」と言った。

「絵がヘタ、話の構成がまずい、台詞が陳腐、キャラがたってない、登場人物のいずれにも感情移入ができない、話にメリハリがない、オリジナリティが感じられない、影のつけ方がおかしい、デッサンが狂ってる、コマの線がきれいに引けてない、あとは」まだあるのか。宏彦は脇の下にじっとりとイヤな汗をかいているのが自分でもわかった。

「ひとまずそんなところかな」

「い、いいとこは？」

伊勢崎は目を閉じると、腕組みをして唸りだした。重ねて訊ねようとしたものの、宏彦は硬直して呼吸ができなくなってきた。

「きみは漫画家になりたいの？」

「あ、はい」声がかすれていた。

「どうして？」

瞬きひとつしない、切れ長の目で見つめられ、宏彦はたじろいでしまった。

「それはあの、漫画が好きで」

「でも漫画よりグラビアの子のほうが興味深そうだったけど」

「それは」えーい、こんちくしょうめ。「この雑誌の漫画はおもしろくないからです」言ってしまった。

さぞや伊勢崎は驚くかと思いきや、微動だにせず、宏彦を見つめたままだった。そして想像の斜め上をいくことを言った。

「私もそう思う」

なんなんだ、このひとは。

「じゃあ、訊くけどさ。うちの雑誌の漫画のどれよりも、おもしろいものが描ける自信ある？」

「はい」

「いちばん人気の『エスパーヤンキー』よりも？」

「もちろんです」

そう答え、しまったと思った。なにもそこまで言わずとも、と自分にツッコむ。だがもう遅い。

「言うじゃないの、きみ」

くくくと伊勢崎は喉の奥で笑う。いよいよもって不可解な人物である。オトナの女はみんな、こうなのだろうか。だとしたらこの先の人生、大変だとさえ思う。妹の美和《みわ》も十数年経つと、こうなるのだろうか。

「ちょっと失礼」テーブルの上で伊勢崎のスマートフォンが震えたのだ。画面を見て彼女の眉間にほんの少し皺が寄るのを、宏彦は見逃さなかった。「はい、伊勢崎です。どうしました、ヒラリンさん。はい？　マジですか。どうするんですか、それ」

なにか大変なことが起きたらしい。声が次第に大きくなっていく。べつの部署のひとが幾人か、顔をあげて伊勢崎の様子を窺《うかが》っている。宏彦は電話のむこうのひとの名前が気になった。

ヒラリンさんって言ったよなぁ。

「いまから、そっちぃいきますんで、相談させてください。原稿は必ずあげてもらいますよ。だいじょうぶですって。これまでだって、なんとかやってきたじゃないですか。お願いしますよ。ヒラリンさん達なら必ずできますってば」

伊勢崎は声のボリュームを絞っていく。人様に聞かれてはまずい話をしているらしい。口元を空いている手で隠した。やがてテーブルを挟んでむかいに座る宏彦がかろうじて聞き取れる程度にまでなった。

「ではこうしましょう。ここにいま、持ち込みにきた男の子がいまして」

俺のことか。でも男の子ってなんだよ、子って。

「データではありません。生の原稿です。ベタ塗りは丁寧だし、スクリーントーンは貼るだけじゃなくて、削りもできていました。技術はなかなかのもんです」

もしかしてほめてる？

「わかりました。ちょっと待ってください」

スマートフォンを左足の太腿に伏せると、伊勢崎は宏彦を真正面から見据えた。

「きみ、これからなんかある？」

「家に帰るだけですが」

「家はどこ？」

「富山の黒部《くろべ》市です」

「漫画の持ち込みのためにわざわざきたの？」

「はあ」

「今夜はこっちに泊まってく？」

「深夜バスで帰ります」

池袋駅東口、午後十時五十分発だ。まだ四時間以上あるが、池袋のアニメイトで妹の美和に土産を買って、ファミレスかどこかで時間を潰すつもりでいた。

「お願い。助けて」伊勢崎は顔の前で手をあわす。「漫画家のところにアシスタントに入ってほしいんだ。頼む」

懇願しながらも威圧的で、断りづらい空気を醸しだしていた。

「ど、どなたのですか」

「『チューボー刑事』のアナモリダイチ」

宏彦はメジャーズの表紙に視線を落とす。上山仲子の極美バストの左横に〈チューボー刑事　穴守大地《あなもりだいち》〉という文字を見つけた。

「明日の朝七時半には穴守さんの仕事場から二十ページの原稿を持ってでて、印刷所に入れなきゃ、次号のメジャーズができないの」

そいつは大変だ。

「そのためにはきみの力がどうしても必要なのよ」

自分は夢を見ているのではないか。そう思うほど宏彦には現実味がなかった。しかもオバサンともオネエサンとも言い難い女性に、がっちりしがみついてである。

莫迦《ばか》でかいバイクのうしろに乗って、東京の町中を走っているのだ。しかもオバサンともオネエサンとも言い難い女性に、がっちりしがみついてである。

穴守大地の仕事場は下井草《しもいぐさ》にあるという。はたしてそれがどこにあるのか、中三の修学旅行以来、東京が二度目の宏彦にはさっぱりわからない。

連れてってあげる。

伊勢崎は自分の席に戻り、背もたれにかけてあったレザージャケットをシャツの上に羽織った。とは言えその時点で、よもやバイクで移動するとは想像もつかなかった。それも750cc、いわゆるナナハンである。

夜の七時過ぎ、フルフェイスのヘルメットを被っているせいで、あたりを見ている余裕はない。ビルまたビルで、どこまでいっても道路はきれいに舗装してあった。アスファルトジャングルとはよく言ったものだと、どうでもいいことしか考えられない。ナナハンの爆音と振動のせいで、頭がクラクラしてきた。これから自分がどこへ、なにしにいくのかさえ、忘れてしまいそうになる。やはりどうも現実味がない。

次第にナナハンは速度を緩めていく。周囲の建物がビルではなく、戸建ての家が増してきた。いわゆる住宅街に入ったらしい。どの家もしゃれた造りだが、黒部と比べて、家と家のあいだが詰まり過ぎだ。隣の声が聞こえてこないのかといらぬ心配までしてしまう。

ナナハンが停まった。目的地に着いたらしい。組み合わせていた両手の甲をぱんぱんと叩かれる。

「放してくんないと降りられないでしょ」

「す、すみません」

慌てて手を放し、ナナハンから降りて、ヘルメットを脱ぐ。目の前には、これといって特徴のない一軒家があった。塀に埋め込まれた表札は『斉藤』だが、よく見ればその下に『穴守プロダクション』とシールが貼ってある。

「おお、伊勢崎さん。早かったですね」ナナハンの音で気づいたのだろう。小太りの男がドアを開けてでてきた。「その子が持ち込みの男の子ですね」

また男の子か。

「名前はなんていうの」

「豊泉です」

「チーフアシスタントのヒラバヤシです。よろしく」

ヒラリンではないのか。

伊勢崎と玄関に入ると、正面におっきなポスターが飾ってあった。『チューボー刑事』というタイトルの下には、『穴守大地の人気コミックを完全実写化！』とも記されていた。右手に拳銃、左手にカツ丼を持ってポーズを決める背広姿の男は、中堅どころの芸人だ。

靴を脱ぎ、玄関をあがる。そしてヒラリンあるいはヒラバヤシのあとについて、廊下をまっすぐ進む。

「ごめんね、急に無理言って。高校生？」

「今年の春に卒業しました」

「ってことは十八歳か。わっかいなぁ」

羨ましそうに言いつつ、ヒラリンあるいはヒラバヤシは廊下の突きあたりのドアを開いた。

「ここがアシスト部屋ね」

通されたのは実家のリビングよりも少し広め、だいたい十畳くらいの部屋だった。六台の机が二台ずつむきあって配置してある。入ったドアから見て左側の真ん中は空席でその両端にひとが座っていた。

手前がアフロヘアで、奥が坊主頭だ。それこそ漫画のキャラクターみたいなふたりは、いずれも入ってきた宏彦達を気にかけることなく、あるいは気にする暇がないのか、忙しくペンを走らせている。そもそもどちらもヘッドホンをつけているので、気づきようがないのかもしれない。

ぜんたいの雰囲気は学校の教員室に近い。そしてどこか懐かしい匂いがする。中学に入るまで通っていた書道教室と、よく似た匂いなのだ。

ヒラリンあるいはヒラバヤシが右側のいちばん奥の席に着く。机の上に描きかけの原稿がある。そして端に置かれた墨で汚れた三角定規や雲形定規に、『平林《ひらばやし》』と名前が書いてある。そこで合点がいった。ヒラバヤシが本名で、ヒラリンがあだ名なのだろう。

隣の席に座るよう促され、宏彦はおとなしく従う。キャスター付きの椅子には、ピンク色の座布団が置いてある。ずいぶんと年季の入ったもので、平べったく薄汚れていた。伊勢崎は宏彦のうしろに立ったままだ。なんとなく見張られているようで、居心地がよくない。

「これがこの子の作品です」

伊勢崎が平林に渡したのは原稿のコピーだ。編集部をでる直前に彼女が目にも留まらぬ早さでコピーしたのだ。平林は黙々と読んでいく。いや、見ていくと言ったほうが正しいかもしれない。あるいは吟味するだ。そのあいだ、カリカリとペンの音しか聞こえてこない。

「高校でたばっかって言ったよね」平林は宏彦を上目遣いで見て、訊ねてきた。「卒業したあと、どっか、漫画の専門学校にいってる？」

「いえ」

「漫画に限らず、イラストとか美術の学校へは？」

「いってません」

「それじゃあ、いま、富山でなにやってるわけ？」

この質問は伊勢崎だ。

「ガソリンスタンドでバイトしてます」

週三日、時間は朝の七時から夕方四時半だ。ただし他の店員やバイトとの兼ねあいで、日にちや時間帯が変わるのはしょっちゅうだった。

「高校んときは漫画研究会とか、そういうとこにいた？」とこれは平林だ。

「中高と陸上部でした」

「だからこの漫画、短距離選手が主人公なわけか。漫画は独学？」

「本とかネットとかで調べながらです」

「この三十枚、ペン入れにどんくらいかかった？」

「一日一枚と決めて、一ヶ月」

「背景もぜんぶ自分で？」

「はい」

「こうした集中線やバックフラッシュなんかも？」

「そうですが」

「ここの点描ってトーンじゃないよね。これ、一個一個、てんてんてんてんてんって、点打ってってったの？」

「そこは自分のイメージにあうのがなかったんで、自分で描きました」

「いいね」平林は声をださずに笑った。その顔にニキビがある。青春の証ではなく、青春の名残りだ。いい歳のオジサンだが、いくつなのか、さっぱり見当がつかない。「自分のイメージを大切にするのはイイことだよ」

「この子で平気そうですか」

伊勢崎がじれったそうに言う。

「こんだけ描けるんだったら御の字でしょう。このコピーもらっていい？　穴守センセーに見せるんで」

「どうぞ」

伊勢崎の返事を聞いてから、平林は原稿のコピーを机の引きだしにしまいこんだ。

「おい、ヨシノ」

平林が真向かいの坊主頭に声をかけた。迷彩柄のTシャツを着た彼は、ヘッドホンを付けているので、まるで気づかない。

「しょうがねぇなぁ、まったく」

舌打ちをして、平林はマジックペンらしきものを手に取った。

「うわっ」

坊主頭が叫ぶ。彼の目の辺りに赤い光が射しこんだのだ。平林が持っているのはレーザーポインターだった。

「なんスか、ヒラリンさん」

ヘッドホンを外し、坊主頭が言った。

「ベタ塗りとトーン貼り、どこまでおわった？」

「これで三枚目です」

「その作業、この子にぜんぶ任せていいから、おまえは背景を進めてくれ」

「だれです、そいつ？」

そいつ呼ばわりされ、宏彦はムッとした。しかしいまここで腹を立てても仕方がない。平林はすぐ答えずに、レーザーポインターの赤い光を左側にむけた。今度はアフロヘアだ。赤い光が当たると、目を瞬かせながら、無言でヘッドホンを外し、平林に顔をむけた。

「今回、アシスタントに入ることになった豊泉くんだ。この春に高校をでたばっかで、今日、メジャーズに原稿を持ちこんできたずぶの素人だが、けっこう達者で、じゅうぶん戦力になる。ベタとトーン、描き文字もろもろは彼に任せようと思う。一応、紹介しとくと、ハゲがヨシノで、アフロはマツヤ。笑っちゃうだろ」

なにを笑えというのだろう。

「どっちも牛丼屋の名前でよ。御丁寧に漢字までおんなじなんだぜ」

「ちがいますって」ヨシノが不満そうに言った。「吉野屋の吉の『口』の上は『土』ですけど、俺のは武士の『士』です」

吉野ではなく吉野ということか。

あとひとり足らない。それも肝心な人が。

「穴守先生はどこに」

宏彦は疑問をそのまま口にした。

「話してないんですか、穴守さんのこと」

平林が伊勢崎を見あげて言う。ちょっと非難がましくである。

「説明する暇がなかっただけ」と伊勢崎。こちらは言い訳がましい。「急いで駆けつけたんだから仕方がないでしょ」

なんだなんだ。宏彦は自分がヘマをやらかした気分になり焦ってしまう。

「逃げちまったんだ」宏彦に視線を戻し、平林が言った。

「いいんスか、それ、言っちゃって」

吉野ではない吉野が不平を漏らすように言う。

「ここにいるのに、隠し通すわけにもいかんだろ」

「そいつがネットでバラしでもしたら大変なことんなりますよ」

「そんなことしません」

宏彦が吉野に言い返す。思ったよりも強い口調になってしまったのはふたたび、そいつ呼ばわりされたからだ。吉野は険しい目で宏彦を睨みつけてくる。

「いつ、逃げたの？」

「俺が伊勢崎さんに電話する二十分前。だよな、松屋」

「原稿をチェックしてもらいに、あたしが二階の仕事場にいったら、もぬけの殻でした。窓が開けっ放しで、カーテンが風でひらひら舞っていたんです」

松屋の声を聞き、宏彦はぎょっとした。女性の、それもアニメみたいな声だったからだ。改めて松屋のほうを見る。黒縁眼鏡をかけ、そばかすが目立つその顔立ちは、間違いなく女性のものだ。グレーのフード付きパーカを着ており、胸元にはたしかに控えめな膨らみがあった。

「三人で手分けして、近所を捜したんだけど、見つかんなくて。ほんと、すみません」

「ヒラリンさんが謝ることっちゃないわ。悪いのは穴守さんなんだから。また裸足で逃げてったわけ？」

また？

それでは以前にもおなじことがあったのか。

「玄関見たら、ナイキのシューズが一足なかったんですよ」吉野が言った。まるで告げ口みたいな口ぶりだ。うれしそうに笑っているのも、宏彦は気に入らなかった。「俺らがくる前から部屋に持ち込んでたにちがいありません」

「いまこの段階で、何枚完成してる？」と伊勢崎。

「七枚です。ページはバラバラですが」

「ベタ塗りがおわったこれで八枚ッスからね」

　平林が答えたすぐあとに、吉野が言った。

「穴守さんはどこまで進めてったの？」

「人物のペン入れが済んでたのが半分ちょいでした」

「そこまでやって、なんで逃げちゃうのかしら、あのひと。やんなっちゃうな」

　伊勢崎が吐き捨てるように言った。感情を露《あらわ》にした、とまでいかずとも、苛立っているのは間違いない。

「いまの進捗状況は？」

「俺が穴守さんの代わりに、人物のペン入れのつづきをやってて、十二枚目に突入したところです」

　平林の机にあるのがそれだろう。

「ぜんぶで十八ページのうち残り七ページ、一枚一時間と見て、夜中の三時まではかかるでしょう。そっから俺も仕上げに入って、全員完徹すれば、明日の朝七時までにはどうにかなると思います」

　宏彦は我が耳を疑った。人物のペン入れだけとは言え、一枚一時間で描けるのか。俄《にわか》には信じ難い話である。宏彦自身は三十枚の原稿に一ヶ月かかったのだ。バイトが休みの日は丸一日、延々と描きつづけていた。朝陽がのぼると同時に床に就くのも、一度や二度ではない。

にいちゃん、そんなに根つめて平気っちゃ？　あんまり無理しちゃいけんよ。

なに言うとるっちゃ。他人のことより自分の身体に気ぃ遣え。

妹の美和は幼い頃から病弱で、中二になったいまも学校を休みがちだった。そのぶん、というわけではないが、勉強がよくできて、成績は学年でトップクラスである。

ああ、そうだ。今日は帰れないってウチに連絡しないと。

そう考えていると、平林が宏彦の右肩に手を置いた。

「ある意味、この子の力量次第ってとこも大いにあります」

そう言われても困る。

事の重大さがわかるにつれ、宏彦は緊張が高まってきた。編集部にいたときとは段違いにである。本来ならばいまごろ、池袋のアニメイトで美和に土産を買っているはずなのに。

とんでもないことに巻きこまれちまったぞ。

「どうにかなりますかねぇ」

吉野が口を尖らせて言う。ほんとは尖ってなどいないのだが、そう見える口ぶりなのだ。

「今回のチューボー刑事ときたら、電車に乗りこんだ窃盗犯を、車内で追っかけたものの捕まえることができなくて、ホームへ降りて、階段を駆けのぼって、改札をでて、さらにはひとに溢れた商店街まで追いつづけるんスよ。いつもの倍、いや、三倍は人物も背景も描かなくちゃいけないんですからね。伊勢崎さんにも責任の一端はありますよ。穴守さんとの打ちあわせの段階で、こんな展開にオッケーをださなきゃ、俺達だっていらぬ苦労をせずに、うわっ、なにするんですか、平林さん。やめてくださいって」

平林がふたたび吉野の目にレーザーポインターの赤い光を当てたのだ。

「伊勢崎さんに文句を言うのは筋違いだろうが」

「文句なんか言ってませんって。意見ですよ、意見」

「商店街の場面に入るのは何ページ目？」と伊勢崎。

「八ページ目です」

「まさにいま、その背景を描こうとしてまぁす」

平林が答えたあと、松屋が言った。アフロヘアとアニメ声のギャップも凄いが、話し方もだいぶアニメのキャラっぽい。

「おなじ商店街でも、ひとは溢れてなくてもいいわ。正反対にすっかり寂れて、ひとっこひとりいないシャッター街に変更してください」

「わかりましたぁ」松屋がアニメ声で答える。「それならラクチンでぇす」

「窃盗犯が逃げこんだお好み焼き屋は、店内をガラガラにして、人質になる女とそのカレシだけにするっていうのは、どうかしら？」伊勢崎の提案にだれからも異議はでない。賛成したのとはちがう。他に術《すべ》がないので、納得せざるを得ないのかもしれない。「他にまだ時間がかかりそうなところありますか」

「時間がかかるどうこうではなくて、ひとつ大きな問題があるんですが」平林が躊躇《ためら》いがちに口を開く。「穴守さんがいなくて、いちばん困るのが料理でして」

「あぁあ」伊勢崎は落胆の声を漏らす。「前回の餃子はちょっとアレでしたもんねぇ」

「すみません」平林が詫びる。「精一杯頑張ってはみたのですが」

　ふたりの話を聞き、宏彦はメジャーズ最新号で読んだチューボー刑事を思いだした。たしかにあの餃子はヒドかった。だがそれよりも気になることがある。あのナメクジ餃子を平林が描いたのならばだ。前回も〆切間際に、穴守大地は逃げだしたのか。

「その前のスープカレーもヒドかった」ニヤニヤと意地の悪い笑みを浮かべ、吉野が言った。「ネットでめちゃくちゃ叩かれてたの、伊勢崎さんも読んだっしょ？」

「だったら今回、きみが料理を描いたらどう？」

伊勢崎が鋭い声で切り返す。しかし吉野は悪びれる様子もなく、にやつきながら答えた。

「無理言わないでくださいよ。俺に画力がないのは、伊勢崎さんもよくご存じでしょうが」

嫌味や皮肉を口にして、まわりのやる気を削いでいく。それが人生の喜びと感じる腐った輩《やから》だ。クラスにひとりかふたりは、必ずいたものだった。学校だったら殴らずとも、ガタガタ言うなと一喝しているところだが、いまはそうもいかない。

「松屋さんは？」

「あたし、駄目だったんですぅ。ごめんなさぁい」

「駄目だったってどういうこと？」

「松屋も前回、餃子描いているんです」伊勢崎の問いに、平林が答えた。「出来がいいほうを使うことになりまして、それでまあ、俺のが」

ナメクジ餃子よりもヒドかったわけか。

「広島風お好み焼きだと中に焼きそばが入ってるから、描くの大変よね」伊勢崎が首を傾げる。「ふつうのお好み焼きにしたほうが、手間もかからないからそうしましょうか」

「そりゃできませんって。だってそうでしょ。チューボー刑事は窃盗犯に自首するよう説得しているうちに、彼のアクセントが広島なまりだと気づいて、その場でお好み焼きをつくるんですよ。広島風じゃなくちゃ意味ありませんってば」

吉野の指摘どおりなのだろう。それでも揚げ足取りにしか聞こえず、宏彦は不愉快極まりなかった。

「広島風お好み焼きをつくる手順で、四ページつかっているんスからね。チューボー刑事のいちばんの見せ場でもあるその部分を、いまからつくり変えるとなると、却って面倒なことになりますよ。明日の朝七時の〆切に間に合わないかも」

「あの」吉野の言葉を遮るように、宏彦は手を挙げた。

「なに？　トイレか」早合点をしたうえに、平林はその場所まで教えようとした。「だったらさっき通ってきた廊下の途中に」

「ちがいます。俺があの、描きます」

その一言にみんなの目が宏彦に集中する。

ごくり。

宏彦は唾を飲みこみ、先をつづけた。

「広島風お好み焼き。ぜひその、描かせてください。お願いします」

少しの沈黙のあとだ。

「お願いされてもなぁ」

ぼやくように言ったのは平林だ。あまりいい顔はしていない。そこまで任せられないということらしい。

駄目か。

諦めかけていると、意外な人物が後押しをしてくれた。吉野だ。

「描かせてやったら？」

いや、後押しなどではない。どうせ描けっこない、恥をかかせてやれとでも思っているにちがいない。その気持ちがまんま、吉野の顔にでていた。

「まずは鉛筆での下描きを見て、その出来次第で判断するっていうのは？」伊勢崎が提案する。「自分から言いだしたんだもの、そんだけ自信があるのよね、豊泉くん？」

「それは、まあ、ええ」

描ける自信などない。漫画で食事の場面を描いたことはないし、料理漫画をあまり読んだこともなかった。さらに言えば、広島風お好み焼きを食べたこともなかった。ないないづくしで、よくもまあ、描かせてくださいなどと言えたものだ。

後先考えずに行動するのは、宏彦の人生でときどきあることだった。だれかが困っていたり、助けを求めていたりすれば尚更である。自分の技量を考えずに、一肌脱ごうとしてしまうのだ。うまくいけばいいが、失敗して取り返しのつかない大事《おおごと》になったこともあった。

「三十分、時間をやる。そのあいだに鉛筆で広島風お好み焼きを描いてみてくれ」平林が言った。そして机の引きだしから原稿用紙を一枚だすと、その下半分に鉛筆で軽く丸を描く。「おっきさはこんなもん」

デカいな。

宏彦はその原稿用紙を受け取る。右端に薄く青い文字で『メジャーズ』とプリントされている。

「なんでここに広島風お好み焼きがでてくるかを、説明しておくとな。さっき吉野が話していたとおり、チューボー刑事は窃盗犯に自首するよう説得しているうちに、そのアクセントが広島なまりだと気づき、その場で広島風お好み焼きをつくりだす。そして一口食べさせるや否や、窃盗犯の脳裏に郷里である広島の風景が広がり、ハラハラと涙を流したかと思うと、人質の女の喉元に突きつけたナイフを床に落とし、自らの悪事を省みて、自首を決意して、チューボー刑事に連行されていくんだ」

なるほどとは納得し難い無茶な展開だ。そもそも広島生まれの窃盗犯が、お好み焼き屋に逃げこむ時点で、ご都合主義も甚だしい。でもそれをいま、ここで指摘しても意味がない。

「松屋ぁ。おまえが撮ってきた、広島風お好み焼きの写真、この子に渡してやってくれ」

「はぁい」松屋が三十枚はあるだろう、写真の束を持ってきた。「頑張ってねぇ」

「は、はい」突然、励まされ、戸惑いながらも宏彦は受け取る。

「伊勢崎さん、この子の下描きができるまでいらっしゃいますか」

「待たせてもらおっかな」平林に答えつつ、伊勢崎は空いてる席に腰を下ろした。宏彦の左隣だ。「そのあとに穴守さんがいきそうなとこ、バイクで巡ってくるわ」

「それって呑み屋ッスよね」吉野が言った。「だったら見つけても意味ないでしょ。あのひと、呑んでたら使いものになりませんもん」

「とやかく言ってないで、手ぇ動かせ、吉野っ」

松屋はヘッドホンをかけて、作業をはじめている。吉野もそれに倣った。

ヤバいぞ、ヤバい。

危うく声にだしそうになり、宏彦は左手で口を塞いだ。制限時間三十分と平林に言われたが、十分が過ぎてしまった。内心、穏やかではない。焦りに焦っている。

松屋から預かった三十枚以上の写真を机に並べ、数枚をチョイスし、それを見ながらひとまず描いてみた。しかし三分の一も描かないうちに、手が止まってしまったのである。

よくは描けているとは自分でも思う。でもちっともうまそうに見えないのだ。写真を見て描きましたというのが、バレバレでもあった。これだったら写真を貼りつけるのと変わらない。

「どうした?」平林が声をかけてくる。ただし絵を描く手は止めず、宏彦のほうを見ようともしなかった。「もうギブかい?」

「いえ」

「あと十七分四十秒だぜ」

やけに細かいが、これは平林が自分のスマートフォンを、タイマー設定にしていたのだ。

「それだけあればじゅうぶんです」

ワクワクさせて。

妹の美和が励ますように言ったのは、今年のアタマだった。宏彦はまだ高校生で、冬休みの最中だった。

あたし、兄ちゃんの漫画を読んでワクワクしたいの。

その言葉をきっかけに、宏彦はＢＢへ持ち込むための漫画を描いたのだ。

鉛筆を置き、消しゴムを握ると、三分の一まで仕上がっていた広島風お好み焼きを丁寧に消していく。

「間に合わないわよ」今度は伊勢崎だ。

「だいじょうぶです」

無茶でご都合主義な展開を、読者に納得させるためには、それだけの広島風お好み焼きを描かねばならない。見るからにうまそうで、じゅうじゅうと焼く音までが聞こえてくるような、口の中がヤケドしてしまうかもしれない、それでも熱々のうちに食べてしまいたい、広島風お好み焼きだ。

薄い生地の下にある焼きそばは、ボリュームたっぷりのほうがいい。そう見せるには麺を太めにして、生地からはみでているくらいの勢いにすべきだ。だとしたら斜め上からの視線で、なおかつできるだけヨリで描くのが最適だろう。パースが狂ってもかまわない。デフォルメを効かせ、よりうまそうに見せることのほうが重要だ。あまり描きこみすぎないほうがいい。ぜんたいが黒くなったら、不味そうに見えかねない。湯気を立たせ、鉄板の上を弾け飛ぶ小さな油も描くとしよう。

原稿用紙を持ちあげ、ほとんど縦にして、消しゴムのカスを払い、机に置きなおす。写真を端に追いやってから、右手に鉛筆を握りしめ、ふたたび真っ白になった原稿用紙とむきあう。そこには自分が描くべき広島風お好み焼きが、うっすらと浮かびあがっているように見えた。それをなぞっていけば、いいだけの話だ。宏彦は鉛筆を自在に走らせ、一気呵成に描きあげていく。

平林の机の上で、スマートフォンが音を立てる。三十分が経ったのだ。

「できたかい」

「はい」と答えて渡す。

平林は宏彦の描いた下描きを、じっと見つめた。なにか言われるかと身構えていたものの、無言のまま目の前に座る吉野に差しだす。

ヘッドホンを外し、吉野は宏彦の絵を受け取ったものの、チラッと見ただけで、松屋に回してしまう。

「やだ、ちょっとなにこれ、めっちゃうまいじゃないですかぁ」一目見るなり、松屋が叫ぶ。「広島風お好み焼きが、俺のことを食いたいなら食ってみろって、挑発してる感じがサァイコォォ。グッジョブグッジョブ」

「いくら鉛筆でうまくたって、ペン入れてみなきゃ、わかんねぇだろ」

冷ややかな口ぶりで吉野が言う。鉛筆でうまいのは認めてくれたわけだ。

「合格ってことでいいかしら、ヒラリンさん。いまどきこんだけ描けるアシスタントなんて、そうはいないわよ」

松屋から受け取った下描きを見つつ、伊勢崎はあたかも自分の手柄のごとく言った。

「ここは入りたてだと、二泊三日で三万五千円もらえる。きみは半日ちょっとだから一万円」平林はいきなり金の話をしだした。「プラス広島風お好み焼きに二千円だそう。それでいいかな？」

「ありがとうございます」

2

妹の美和が笑っている。とても楽しそうだ。家族にはあまり見せたことのない、開放的な笑顔だった。女友達の腕に縋《すが》り、笑い崩れてさえいる。そんな妹を見て、宏彦はうれしい反面、心配にもなった。はしゃぎ過ぎた夜は必ず熱をだすからだ。翌日には寝こむことも珍しくない。

家族とならば、はしゃぎ過ぎるなと注意もするだろう。じつはいまも喉まででかかった。しかし宏彦は言わずにおいた。せっかく友達と楽しんでいるのに、水を差すことになってしまう。それでは妹があまりに可哀想だからだ。明日、寝こんだとしても問題はない。中学は夏休みだからだ。

美和を含め、男女三人ずつが群れをなして歩いていくあとを、少し離れて宏彦は歩いていた。

宏彦は振り返り、スマートフォンを横に構え、聳《そび》え立つ天守閣を撮った。富山城である。いつか漫画で描くことがあるかもしれない。そのときのための資料用だ。

城からはいましがたでてきたばかりである。中は郷土資料館になっており、そこで澄ましていたぶん、表にでてから発散しているのかもしれない。

夏の盛りに相応《ふさわ》しい強い陽射しに、歩いているだけで肌がちりちりと焼けそうだった。あと二時間もしたら富山駅南口からバスに乗り、さらに暑い東京にいかねばならない。

最初の予定では妹の美和とふたりきりだった。上京する兄を見送ってあげる、その代わりに富山城へいっしょにいってほしいと三日前に言われたのだ。どうして〈その代わり〉なのかはよくわからないが、宏彦は承諾した。

富山城に友達を連れていっていいかと言われたのは、昨日の夕飯の最中だった。駄目と言う理由はなかった。

でもまさか五人もくるとはな。

郷土資料館へいき、その感想を書くのが夏休みの宿題だったらしい。直接、聞いたのではない。妹が友達と話すのを聞いているうちにわかったのだ。

はじめから友達を呼ぶつもりだったのかも、と思わないでもない。三人の男子のうち、美和が好きな子がいる可能性もある。ただしこれといった特徴のない、ごく平凡な三人で、似たり寄ったりだ。背丈も体格もおなじなうえに、揃いも揃って眼鏡をかけているので、余計そう思えた。会ってすぐ、それぞれ自己紹介をしてくれたものの、ひとりとして名前を覚えていない。はじめから覚える気がなかったというのもある。

女子ふたりも、ぱっとしない子達だ。言ってはなんだが妹の引き立て役にしか見えない。兄の贔屓目《ひいきめ》と言われればそれまでだが。

「兄さん」

美和が声をかけてきた。いつもは兄ちゃんだが、友達の前なので、兄さんにしているのだ。指摘するつもりはないが、呼ばれるほうとしては、少しこそばゆい。六人とも足をとめ、宏彦を見ている。

「どうした?」

「お昼、ブラックラーメン、食べにいくんだよね」

妹とふたりででかけるつもりでいたときの約束だ。

「じゃなくてもいいんだけど。きみ達はどう?　なんか他に食べたいものある?」

他の五人を見る。ガソリンスタンドで働いているときのように、にっこり微笑みながらだ。

スマイル、スマイル。

ガソリンスタンドの店長の口癖だ。客商売は笑顔がいちばんというのが、彼の信条なのだ。バイトをはじめた頃は、ぎこちなかったものの、最近は自然に笑うことができるようになった。営業スマイルと言えば聞こえはいいが、要するにただの愛想笑いだ。こうしてオトナになってしまうのだと、思わないでもない。

五人は顔を見合わせるばかりだ。どう返事をしたものかわからないのだろう。

「遠慮しなくていいのよ」美和が弾んだ声で言った。「ぜんぶ兄さんの奢《おご》りだから」

おいおい。

それも妹とふたりのつもりでいたときの約束である。

「ほんとですか」

眼鏡男子のひとりが訊ねてきた。ここで否定するのもかっこが悪い。

「もちろん。いつも妹がお世話になっているからね。そのお礼さ」

奢りだと聞いて、焼肉とか寿司とか、高いものを要求してくるのではと思いきや、まるで反対だった。駅にあるロッテリアか8番らーめんでいいと言う。中二なりに気を遣っているのだ。それはそれで宏彦は面白くない。そこで美和との約束どおり、ブラックラーメンの店へみんなを引き連れていくことにした。

「東京ってどんなとこですか」

唐突な質問に宏彦は面食らった。ブラックラーメンの店に入り、注文を済ませたばかりだった。平日の昼過ぎだからか、店内は混んでおらず、四人がけの席をふたつあわせ、男子女子むかいあわせに座っている。そして宏彦の真むかいの女子がなんの前置きもなく、訊ねてきたのだ。

真っ先に思いだしたのは風景ではない。伊勢崎に抱きついていたときの感触だった。そしてナナハンの爆音と振動が身体中に甦る。最後にフルフェイスのヘルメット越しに見えた数多くのビルが脳裏を横切っていく。あの夜から三ヶ月近くが経つというのに、どれも鮮明だった。でもこれが東京だと話しても、中学二年生には通じまい。いや、だれも理解してくれないだろう。

「今日もこれから、漫画家のアシスタントをしに、東京へいくんですよね」

右隣から眼鏡男子のひとりが言った。美和はいったいどのへんまで自分のことを友達に話しているのやら。

「うん、まあ」

穴守大地のアシスタントをしにいくのだ。漫画の持ち込みをした当日、伊勢崎のナナハンで連れ去られるようにいったのを含めて、今回で六回目になる。

東京へむかうときは母に黒部インターまで車で送ってもらい、午後三時五十五分発の長距離バスに乗る。でも今日は富山駅南口から乗ることにした。午後三時五分にでて、出版社に原稿を持ち込んだときは、池袋駅東口だったが、いまは西武新宿線の下落合《しもおちあい》駅というところで降りる。午後九時二十分着だ。七つ先の下井草駅まで電車でむかい、そして七、八分も歩けば、穴守の自宅兼仕事場に午後十時過ぎには辿り着く。

その二日後、時間にすれば約三十三時間後、朝七時には『チューボー刑事』の原稿が完成し、伊勢崎に渡す。このあいだ眠れるのは長くても五時間、前回など三時間を切った。それもいっぺんにではない。一時間から二時間を何回かに分けてだ。

ナナハンで去っていく彼女を見送ったあと、自分の机の下で丸まって泥のように眠る。昼過ぎに目覚めると、アシスト部屋で思い思いの格好で寝ている他の三人を起こさぬよう表にでる。下井草駅から下落合駅へむかい、昼飯を食べ、午後一時三十分発の長距離バスに乗りこみ、黒部インターに着くのは夜七時前だ。帰りは父が迎えにくる。

はじめてアシスタントに入った翌日こそ、妹と約束をしていたので、池袋にでてアニメイトでお土産を買ったものの、その後は一度もいってない。出版社もだ。つまり宏彦が知っている東京は、下落合と下井草の二カ所だけだった。

「東京なんて、きみ達が思い描いているほど、きらびやかなとこじゃないよ」

それはまあ、下落合と下井草だからだろう。西武新宿線の車窓から見える町並みも地味だった。富山に比べれば家は多い。でも自分が東京にいるという実感はゼロと言っていい。

「漫画家としてデビューなさったら、東京に住むんですか」

もうひとりの女の子が訊ねてきた。

「デビューできるかどうか、まだ全然」

第八回メジャーズ新人賞の選考会は七月末にあったはずだ。しかし八月も一週間経つのに、伊勢崎からは音沙汰がない。自分から連絡しようかと思ったが、我慢している。

今回会ったときに、さりげなく訊くつもりではいた。賞金百万円はゲットできるのか、応募要項の謳い文句のように、〈メジャーズでメジャーデビューを飾〉れるのかどうか。

「たとえデビューしても東京には住む気はないさ」

「なんでですかぁ。住めばいいのにぃ」

病弱な妹を置いていくことはできない。漫画家を目指しているのは地元で、それも自宅でできる仕事だからだ。壁際に座る妹を横目で見る。微かに笑っているのが、却って気になった。疲労を他人に悟られまいとして、無理に笑顔をつくることがあるからだ。

やがて注文の品が運ばれてきた。すると一斉に自らのスマートフォンを取りだし、あたかもそれが義務かのように目の前にあるブラックラーメンを撮影した。

宏彦もだが、これはさきほどの富山城とおなじで、いつか漫画の資料になるかもしれないと思ってだ。中二の子達はなんのためかはわからない。ツイッターなりインスタなりにアップするのか。たとえそうだとしても、それをだれが見るというのだろう。

そのあいだ、美和だけはなにもせずに、みんなの様子を眺めていた。スマートフォンは持っている。病弱な娘の身が心配で、親が買い与えたのだ。しかし滅多に使わない。自宅でも充電をせず、ほったらかしだ。今日もでがけに母が無理矢理、持たせていた。

「なんで漫画家のアシスタントしているんですか」

ラーメンを食べだしてからすぐに、右隣の眼鏡男子が訊ねてきた。

「メジャーズっていう漫画雑誌、知ってるかな」

「オジサンが読むヤツですよね」

べつの眼鏡男子が言う。メジャーズの対象読者層は高校生から二十代前半だ。オジサンというほどではない。しかし中二にすれば五歳年上の宏彦もオジサンかもしれない。

女子ふたりはメジャーズのメの字も知らないようで、話に入ることなく、ラーメンを啜《すす》りつづけている。

「『ヤンキーエスパー』って、メジャーズで連載してるんじゃなかったっけ」とさらにべつの眼鏡男子。

「『エスパーヤンキー』だよ」宏彦が訂正する。

「その漫画のアシスタントですか」

「じゃなくて『チューボー刑事』っていう」

人前でこのタイトルを口にするのは、どうも恥ずかしい。

「テレビドラマで、やってたの見てました」女子のひとりが驚いている。「あれって漫画が原作だったんですね」

「そのドラマ、いつやってたぁ？」もうひとりの女子が首を傾げる。

「いつかはわかんないけど、いまネットで十二話一挙無料配信してて、あたしはそれで見たの」

つづけて彼女は主演のチューボー刑事を演じた若手芸人の名を言った。

「なに、おまえ、あんなヤツのファンなのぉ」眼鏡男子のひとりが囃《はや》し立てるように言う。「あいつ、声でかいだけで全然、面白くないじゃんかよぉ」

「そんなことないわ」ムキになって言い返す。彼女は本気でその芸人が好きらしい。

「トークもイケるし、それこそドラマでの演技もよかったわ」

そのあと好きな芸人の話題になり、美和も幾人か挙げていた。そういう話をいままで彼女から聞いたことがないので、新鮮というか意外だった。さきほどのように無理に笑っている様子もない。ここに座っているうちに、疲れがとれたのだろう。

ともかくチューボー刑事に限らず、漫画についてはだれも口にしなくなった。東京のこともだ。宏彦としては、そのほうが気楽で助かる。

そしてまた、無邪気で無責任な会話で盛りあがる中二達がひどく羨ましかった。宏彦もほんの数ヶ月前までは、高校でおなじことをしていたはずなのに、それが遠い過去のように思えてならなかった。

そんだけ俺がオトナになったってことかな。

「兄さん、だいじょうぶ?」店をでてすぐに、美和が小声で話しかけてきた。「イイ額だったでしょ」

七百五十円(税込)が七人前なので、五千二百五十円だ。ガソリンスタンドのバイトのほぼ一日分である。

「おまえが俺の奢りだって、みんなに言ったんだろうが」

「冗談に決まってるでしょ。まさか兄さん、本気にするとは思わなかったわ」

そうだったのか。

「東京にいるあいだのお金は残ってる?」

「ああ」

東京に滞在する四十時間で使うお金といったら、下落合駅と下井草駅との往復運賃と、帰りのバスに乗る前に食べる昼食代のみだ。ぜんぶで二千円もかからない。

長距離バスの往復チケットは事前に購入してある。仕事場での食事は主に出前で、いつも平林が全員分を支払っている。ただし彼の奢りではなく、穴守のお金らしい。夜中の三時過ぎに夜食を食べるのだが、その時間でも配達する店があった。これにはさすが東京と思ったものだった。

「おまえこそだいじょうぶか。疲れてないか」

「平気。今日は調子いいんだ。それに倒れたら、みんながウチまで運んでくれるって」

だったらいいとは言い難い。

「とにかく気をつけるんだぞ」

「わかってるって」

長距離バスの出発まで、まだ三十分あるが、中二達とはブラックラーメンの店前で別れることにした。美和が心配ではある。だがここは彼女の友人達に任せるとしよう。

「メジャーズの発売日っていつですか」

別れ際、眼鏡男子のひとりに訊かれた。

「毎月第一第三水曜日」

「必ず買って、『チューボー刑事』読みます」

社交辞令か。美和を狙っていて、兄の機嫌を取るつもりかもしれない。だとしても、そう言ってくれるのはありがたい。


広島風お好み焼き、鯖の竜田揚げ、豚の角煮、シュラスコ、ゴーヤチャンプルー。『チューボー刑事』に宏彦が描いた五品である。

料理はいつも穴守自身が描いていたという。つまり広島風お好み焼きは彼のピンチヒッターだったわけだ。ところがそれ以降、穴守がいるのに、宏彦が描くことになった。

きみが描いたほうがウマそうに見えるって、穴守センセーがおっしゃるもんでね。

二回目のアシスタントに入った際、平林にそう言われ、鯖の竜田揚げを描いた。豚の角煮以降は予め平林にＬＩＮＥで教えてもらい、上京前夜に自宅で自らの手でつくり、スマートフォンで撮影をしたのち、家族に食べてもらっている。

はじめは母につくってもらうつもりだった。宏彦は料理をほとんどしたことがないからだ。その話を母にしたところだ。

自分のことなんだから、自分でやってみたら？　そっちのほうが漫画の勉強にもなるでしょ。

母にそう言われ、宏彦は返す言葉がなかった。もっともだと思ったのである。だからといっていきなり、鯖の竜田揚げをひとりでつくるのは無理だった。そこで母にはうしろで見ていてもらうことにした。妹の美和もである。作り方は宏彦がネットで調べ、材料も自ら買いだしにいった。さらに食材費も宏彦の払いだ。

今回、描く料理は烏賊飯《いかめし》だった。ひとまず宏彦はネットで烏賊飯の作り方を調べた。昨日の朝、母に餅米があるかを訊ねた。三合ほどあるという。それを水に浸け、バイトにでかけた。高校の頃、通学に使っていたチャリでだ。

夕方五時過ぎ、ガソリンスタンドのバイトをおえたあと、スーパーで、烏賊四杯を購入して自宅に戻り、キッチンに直行し、烏賊飯をつくりはじめた。母はテーブルに座っていたものの、なにかわかんないことがあったら、訊いてちょうだいと言い、スマートフォンをいじくっていた。最近、ツムツムにハマっているのだ。代わりにではないが、美和が興味深そうに宏彦の様子を窺っていた。

まず餅米をざるにあけて、水を切る。烏賊は足といっしょに、はらわたや軟骨を引っ張りだす。

「グロいね」

美和が言った。その手にはいつの間にか、スマートフォンがあった。彼女自身のだ。宏彦の手元というか、バラバラになった烏賊にむけている。

「なにやってんだ、おまえ」

「動画、撮ってるんだよ。あとで兄ちゃんのスマホに送ってあげる。漫画の資料になるでしょ」

なるほど。

宏彦は作業を進めた。足の部分だけを切り、はらわたは捨てる。足は細かく切り、餅米に混ぜた。これを胴だけになった烏賊に詰めこんでいく。ただし餅米は膨らんだときに割れないよう、カレーを食べるときのおっきなスプーンで、二、三杯程度だ。詰めおえたら、爪楊枝を通して、烏賊の開いた部分を閉じる。四杯すべておわったら、鍋に入れていく。

「兄ちゃん、ストップ」

手順を間違えたかと思いきや、そうではなかった。美和は鍋の真上で、スマートフォンを水平に構えた。並んだ烏賊を撮影しているらしい。さらにはだ。

「ここになにを入れるんですか」

美和は澄ました口調で言った。それこそ料理番組のアシスタントのようにである。いきなり、どうした。

「調味料とか分量も、音声で入れておいたほうが、あとでわかりやすいと思って」

言われてみれば、たしかにそうだ。

「酒100cc と醬油50cc、みりん50cc、砂糖大さじ二分の一杯を入れたら、烏賊ぜんたいがひたひたになるまで水を入れましょう」

「ではお願いします」

スマートフォンを構えたまま、美和はコンロの前を動こうとしない。若干、やり辛いが仕方がない。宏彦は脇から調味料や水を入れていく。そしてアルミホイルでつくった落とし蓋をして、火を点けた。

「どれくらい火にかけるんですか」

「まずは強火で、煮立ったら弱火にして四十分煮詰めます」

「ではできるまで、しばらく待つとしましょう」

そして美和はスマートフォンをおろした。

黒部のインターチェンジに入ったあたりで寝ていたにちがいない。目覚めて窓の外を見ると、夜の街にビルが立ち並んでいるのが見えた。スマートフォンの画面で時刻をたしかめる。九時過ぎだ。五時間は眠っていたのだ。ちょうどいい。今夜はほぼ徹夜になるはずだ。

暑いな、こりゃ。

下落合で高速バスから降りた途端、むわっとした熱気が襲ってきた。富山よりも暑いと覚悟はできていた。東京は今日で猛暑日が五日連続、そのあいだ、熱帯夜がつづいているのもネットのニュースで知っていたからだ。しかし想像以上の暑さである。湿度も高そうだ。

下落合をでて、中井《なかい》、新井薬師前《あらいやくしまえ》、沼袋《ぬまぶくろ》、野方《のがた》、都立家政《とりつかせい》、鷺ノ宮《さぎのみや》、そして下井草。西武新宿線の駅名だ。ばっちり覚えたものの、この先の人生で、とくに役立ちそうにない。それにしても、どの駅も東京の名前らしくない。沼とか野とか鷺とか草とかが東京らしくないのだ。都立家政の都は間違いなく東京都の都にちがいないのに、これまたなんとも垢抜けない名前である。

とは言えだ。下井草駅をでると、店はたくさんあるし、夜も十時近いのに、家路を急ぐひと達も多い。黒部駅とはまるでちがう。駅前のスーパーはこの時間でもまだ営業していた。ファミレスは夜中の二時まで、弁当屋に至っては二十四時間営業だ。このへんがやはり東京である。

駅にくっついているモスバーガーも営業中だ。宏彦はそこで夕食を食べていくことにした。ブラックラーメンを食べて九時間近くも経つし、ここで食べておかないと、夜食まで保たないからだ。

ロースカツバーガー一個にハンバーガー二個、そしてくだものと野菜のジュースを買って、窓際のカウンター席に座る。そしてスマートフォンをだして、美和が撮影した烏賊飯の動画を見ることにした。イヤホンもつけ、音声も聞く。妹につられ、宏彦自身も料理番組のセンセーみたいな口調になっていた。でもまあ、いい。どうせ他人に見せるものでもない。

ハンバーガーをひとつ食べおえたところで、肩をたたかれた。驚いて振りむくと、そこにいたのは吉野だった。慌ててスマートフォンを伏せ、イヤホンを外す。

「こ、こんばんは」

吉野はいつも迷彩柄のTシャツだ。ただしよく見れば毎回、微妙に配色やデザインがちがうのがわかる。おなじ迷彩柄でも何種類か持っているらしいのだ。そして今日はカーキ色の七分丈パンツに、黒のボディバッグを斜めにかけていた。

「なに見てたんだよ」

吉野は宏彦の隣に腰をおろす。ただしなにも買ってきていない。

「今回、烏賊飯だと聞いたんで、それであの、家でつくったのを撮影してきて、その動画です」

「一個もらうぜ」

自分で質問しておきながら、吉野は宏彦の返事をまともに聞かず、ロースカツバーガーを手に取る。断る間もなく、せめてハンバーガーにしてくれとも言えなかった。

「おまえ、いまも新潟なんだろ」「富山です」

「どうやってきてんの？」「高速バスです」

「どんくらいかかる？」「六時間は」

「新宿で降りて、西武新宿線でここまで？」

「新宿じゃなくて、下落合駅で降りるんです」

「下落合？　どうして？　富山と下落合になんか関係があんの？」

「さあ」ないと思う。

「東京に引っ越してこようとは思わないの？」「それはないです」

「どうして？」「お金がないんで」

でてくるつもりはないと話すと、その理由を訊かれそうなので、やめておいた。

「金がねぇと暮らしていけねぇからな、東京は」

吉野は自嘲気味に言った。どこか寂しそうにも聞こえる。宏彦にはそんな彼が意外だった。アシスト部屋での吉野は、口を開けば嫌味と皮肉しか言わない。考えてみれば、吉野とふたりきりで話をするのも、これがはじめてだ。平林や松屋はまだない。職場仲間であれば、黒部のガソリンスタンドのオジサン達とのほうがずっと親密だと言ってい い。

「俺よぉ、二十三区に暮らしたかったんだけど、家賃が高いんでよぉ。花小金井《はなこがねい》に住んでんだ」

宏彦は花小金井を知っていた。西武新宿線で、下井草駅からいくつか先の駅のはずだ。駅や電車の路線図で見たおぼえがある。

「それでもアパート1Kで家賃四万三千円もするんだ。信じられるか」

信じるも信じないも、アパートの家賃の相場など知らないので、四万三千円が高いのか安いのか、宏彦にはよくわからなかった。

「穴守センセーんとこが二泊三日で五万円、月に二回で十万円だろ」宏彦は二泊三日で三万五千円だ。「居酒屋のバイトが月に八万前後」吉野家ではないのか。「併せて十八万。家賃と食費、光熱費その他あれこれかかるからよぉ。カツカツだぜ。二十八にもなって、いまさら親に仕送りを頼むわけにもいかねぇし」

このひと、二十八歳なのか。

自分より二、三歳、いって五歳くらい上だとしか思っていなかった。まさか十歳も上だったとは。若いのとはちがう。ガキっぽいのでそう見えるのだろう。

「俺はまだ、独り身だからいいけどよぉ。ヒラリンさんなんか結婚して子供いるし、大変だよ。奥さんの稼ぎでなんとかなってはいるらしいけど」

これにも宏彦は驚いた。ただしこれは、あのニキビ面のオジサンが好きで、結婚した女性がいるという驚きである。しかし吉野はさらに驚くべきことを言った。

「ＢＢに連載してたのは七年も前だし、そんときの蓄えも、さすがに尽きてるだろうからな」

「ヒラリンさん、ＢＢに連載してたんですか」

「なんだ、おまえ知らなかったの？　伊勢崎さんに聞いてない？」

「え、ええ。ＢＢのどの漫画ですか」

「『スイキューガールズ』」

「マジですか」

　少年誌なのに主役が中学生の女子で、登場人物もほとんどが女子、しかも水球というマイナーなスポーツを扱いながらも、熱血スポ根漫画だった。まだ小学生だった宏彦もおもしろく読んでいた記憶がある。単行本は十巻を超していたはずだ。

「あれ、描いてた漫画家って、一八十木木《かずやときき》でしたよね」

「それがヒラリンさん」

「あっ」そこで宏彦は思いだしたことがあった。『スイキューガールズ』の連載がおわった理由だ。「淫行で捕まったのって、ヒラリンさん」

「じゃねぇよ。そりゃあ、原作の中目黒《なかめぐろ》サンマだ。そいつのせいで、『スイキューガールズ』は打ち切りになっちまった。十二巻まででていた単行本も絶版だ」

「ひどいな」宏彦はポツリと呟く。

「ほんと、ひでぇ話だよ。その後、ヒラリンさんはBBに新連載用のネームを何本だしても、ぜんぶボツ食らってよぉ。どんだけ出来がよくっても、『スイキューガールズ』の漫画家ってのが印象悪いんで駄目らしいんだ。あのひとのせいじゃねぇのに。そいで三年前、穴守センセーんとこに出戻ってきたってわけ」

十数年前、平林は穴守大地のアシスタントをしていたのだという。なるほど、たしかに〈出戻り〉だ。

「前にいたときは、いまのおまえと同い年くらいだったみたいだぜ」

だとしたら平林は三十代なかばといったところか。

宏彦はハンバーガーを一口かじる。話を聞いているうちに、すっかり冷めていた。するとだ。

「それ、半分くれねぇか」

「いや、でも」

「じきに賞金が入る。そしたらいくらでも奢ってやる」

やむなくハンバーガーを半分にして吉野に渡す。

だけどいったい、なんの賞金だろ。

「佳作なんだ、俺」半分のハンバーガーを頬張り、吉野はうれしそうに言った。「メジャーズの新人賞のな。昨日の夜に編集のひとから電話があったんだ」

「凄いじゃないですか」

宏彦は言った。本心だ。たとえ嫌いなヤツでも実力は認めるべきだろう。

「凄かねぇよ」そう言いつつ、吉野は満更でもなさそうだった。「賞金も大賞の十分の一の十万円しか貰えねえしよぉ。だけどこれで俺もようやくスタートラインに立てたってとこさ。おまえはどうだった？」

「まだ連絡きてません」

「まだぁ？　じゃあ駄目だ。諦めろ。残念だったな」

これまた吉野はうれしそうに言う。不愉快だが、きっと吉野の言うとおりにちがいない。

「おまえ、今回がはじめての応募なんだよな？　だったらしょうがねぇよ。メジャーズの新人賞って応募一回目のひとには賞、あげないんだよ。気にすんな」

「そうなんですか？」

「ネットの情報だけどな。だけど過去の受賞者の履歴を確認したら、たしかにそうだった。俺なんか五回目だぜ。年二回だから、二年半かかったわけよ。つづけてきてよかった。でもまあ、今回のは自信あったんで、当然の結果だとは思ってるけどな」

「おめでとうございます」

「おまえも頑張れよ。まだまだこれからさ」

はいはい。

「そう落ちこむ必要ないぞ」

落ちこんではいない。

「ただね、おまえの作品について意見を言わせてもらうとさ」

「俺の漫画、読んだんですか」

「ヒラリンさんの机にコピーがあったからな」

平林の机の引きだしに入っていたのを、勝手にだしたにちがいない。このひとときたら。

「絵は古臭い、話の展開はユルユル、ぜんたいに洗練されていないっていうか、シャープさに欠けた、あんな泥臭いの、いまどき受けないよ。でも描いていくうちにそういうとこって、だんだん直ってくるさ。これでめげたりしないで、頑張って描きつづけなくちゃ駄目だ。いいな」

宏彦はなにも言えなくなった。ヒドい言われようだが、困ったことにいつもの吉野とちがい、やたら親身なのだ。上からの視点ではなく、漫画家を目指す同志を励ますつもりなのが、よくわかった。自分が佳作を獲って、気持ちが大らかになっているのかもしれない。

「あっ」

窓の外に目をむけ、吉野が言った。その視線の先にアフロ頭がいた。松屋だ。モスバーガーの前を通り過ぎていったのだ。宏彦達には気づかなかったらしい。あるいは気づいたのにシカトしたのか。

「松屋さんも新人賞、応募してるんですか」

「アイツはプロになる気ねぇんだ。元はあったかも知んねぇけど、同人誌でがっぽり稼いでる」

吉野はやたら毒を含んだ言い方だった。侮蔑しているようにも聞こえる。宏彦も同人誌がどんなものかは知っている。出版社を通さずに、自費出版で漫画を販売しているのだろう。でもそれでどうすれば、〈がっぽり稼〉ぐことができるのかまでは、想像がつかなかった。

「だったらどうしてアシスタントを？」

「穴守センセーの姉さんの娘なんだ。つまりは姪っ子」

つぎつぎと明かされる新事実に、宏彦は驚かされっぱなしだ。ただ単に知らなかったに過ぎないが。

「高校を中退して引きこもりだったのを、母親が心配してな。だったらウチでアシスタントしないかって、穴守センセーが誘ったんだと。俺より五歳年下だけど、アシスタントとしては三年先輩になる。彼女にすりゃあ、副業っつうか、割のいいバイトってとこだな。生活費とすれば十万円は少ないが、小遣いとしてはイイ額だろ」

なるほどと思いつつ、宏彦は頷くだけにしておいた。自分もまた似たようなものだ。ガソリンスタンドで、〈がっぽり稼いで〉はいないものの、漫画家のアシスタントとどっちが本業でどっちが副業なのか、よくわからない。自宅で暮らしているのに、家に生活費を入れてもおらず、いずれのお金も小遣いのようなものだった。

モスバーガーをでて、左へ歩いていくと西友が見えてくる。これを右手に曲がり、まっすぐ進んでいく。ふたり並んではいるものの、一言も話さなかった。話そうにも、吉野はモスバーガーをでるなり、イヤホンを両耳に差しこみ、なにやら聞きだしたのだ。大きな通りの横断歩道を渡りきると、穴守の一軒家が見えてきた。二階の灯りが点いている。

「センセー、逃げてないようだな」

イヤホンをつけたままで吉野が言う。

穴守が二階で下描きと人物のペン入れをおこない、一ページずつ、アシスタントが取りにいき、一階で仕上げていく。

伊勢崎のバイクではじめて訪れた日は、穴守は行方をくらましたあとで、会わずじまいだった。しかしつぎに訪れた際、ヒラリンに紹介してもらったうえで、二階へ原稿を取りにいく役目を仰せつかった。その度に穴守と顔をあわせてはいたが、会話どころか名前を呼ばれたこともない。言葉を交わすのは出前でなにを頼むか、訊くときくらいだ。とった出前も宏彦が二階へ運ぶ。要するに穴守が部屋からでるのはトイレだけで、これも二階にあるため、一階におりたのを宏彦はいまだ見ていない。でもアシスタント達が不思議がることはなかった。きっとそれが当たり前なのだ。

穴守の自宅の間近にタクシーが停まっていた。助手席側の表示に『迎車』の文字が光っている。ここらへんの住民が呼んだのだろうか。

「あれ、センセーじゃね？」

吉野が言う。穴守家の二階の窓が開き、人影が見えたのだ。たぶんそうだろう。しかしそれだけではなかった。人影は窓からでて、屋根を伝い、庭に植えてある栗の木に飛び移った。まるで猿だ。小太りながら大したものだと、宏彦はいらぬことに感心する。もともと運動神経がいいのかもしれない。あるいは逃げ慣れているからか。

「豊泉っ、おまえ、先いけっ」吉野はイヤホンを外し、ボディバッグにしまう。「センセー、取っ捕まえるんだっ」

「は、はいっ」

宏彦は駆けだした。足には自信がある。中高は陸上部だったのだ。あと僅かで、家の前まで辿り着くところで、穴守がひょっこり姿を見せた。

「センセーッ」

吉野が叫ぶ。それがまずかった。その声に穴守が振りむき、近づく宏彦に気づいてしまったのだ。

「ひゃぁあぁあ」

悲鳴をあげるなり、穴守は宏彦になにやら投げつけてきた。靴だ。顔にまともに食らう。しかも左目に直撃だった。たぶん踵《かかと》のあたりにちがいない。あまりの痛みに、足を止めてしまった。

「ごめん、許してくれっ」そう言い残し、穴守は『迎車』のタクシーへと駆け寄っていく。「すみませぇん、斉藤ですっ」

斉藤は穴守の本名だ。後部座席のドアが開き、穴守はタクシーの中へと滑りこむ。

「だいじょうぶか」吉野が声をかけてきた。あんたのせいだとは言い難い。左目を押さえ、痛みを堪《こら》える。

「どうしたっ」玄関に平林があらわれた。その背後にアフロ頭も見える。そんな四人の前を、穴守を乗せたタクシーが走り去っていく。

「まさかあれに穴守さん乗ってるんじゃ」と平林。

「そのまさかです」吉野がにやつきながら言う。

「でもこんな住宅街で、そんな都合よくタクシーが」

「迎車の表示をだして、近くに停まってました」

首を捻る平林に、今度は宏彦が答える。

「あのひと、わざわざタクシーを呼んで、逃げだしたわけか。そこまでして、原稿描きたくないいんなら」

平林は口を噤《つぐ》んだ。まだ先があったはずだ。漫画家をやめちまえとでも言うつもりだったのかもしれない。

「あと一歩ってとこで、豊泉が取り逃がしちゃいましてね」

だからあんたが、あんときセンセーって言わなきゃ、よかったんだよ。

そう思いながらも、宏彦は詫びることにした。

「すみません、靴ぅ、投げつけられちゃって」

「新しい靴です、これ」松屋のアニメキャラみたいな甲高い声が、夜更けの下井草に響き渡る。「逃げるためにわざわざ新品、買ってたんだ。でも投げつけちゃったら、意味ないよなぁ」

穴守が逃げださないよう、彼の靴はすべて、ひとまとめにして、アシスタントの部屋に置いてある。そうしろと平林に命じたのは伊勢崎だった。これが効いたのか、六月七月は逃げだささずにいた。

「なんにせよ、タクシーじゃ、追いかけることもできない。今後の策を練るとしよう」

平林は宏彦に顔をむけた。街灯に照らされたその顔は、苦虫を嚙み潰したようだった。

「すまんが豊泉くん、二階にいって、センセーの原稿、持ってきてくれないか」


『あとは夜露死苦!』

そう殴り書きされた黄色い付箋が、一ページ目の原稿に貼ってある。平林はそれを外し、丸めてゴミ箱に放りこんだ。

宏彦が二階から運んできた原稿はいま、平林の机の上だ。ぜんぶで十八枚、下描きを最後までおえてはいたものの、一ページ目、つまりは表紙しか人物のペン入れが済んでいなかったのである。

「はぁぁあぁぁあっ」

立ったままで原稿を確認しおわったあと、平林は大きなため息をついた。そんな彼の左に宏彦、右に吉野と松屋が、やはり突っ立っている。

「どうします？」

吉野が平林にお伺いを立てた。その口元が綻《ほころ》んでいる。いまの状況を面白がっているようだ。

「どうしますもなにもあるもんか。ペン入れは俺がする。そのあいだ、きみ達にはできるところから、描いていってもらう」

そして平林は三人に原稿を三、四枚ずつ渡して、それぞれ細かく指示をだした。

「豊泉くんは烏賊飯な。メインはこの十五ページ目の下の段、アップでドォォンといつもどおりに描いてくれ。つづけて十六ページ目のここのコマは、輪切りになったのを寄りで頼む。生の烏賊も描けるか？」

「だいじょうぶです」

「いいね。心強いよ」平林は力なく笑い、原稿をさらに二枚、宏彦に渡す。「五ページ目の釣ったばっかの烏賊に、八ページ目、食材紹介のとこで、ざるに載った烏賊も描いてくれ。夜食は二時な。それまでには人物のペン入れを五枚はおわらせるようにするんで」

四時間弱で五枚とは、えらくハイペースだ。

「質問その他、なんかあるか」平林は左右に首を振り、三人を見る。「なければ」

「はい」松屋が手を挙げた。

「なんだ？」

「やめませぇん？」

「やめるってなにを」

「原稿、描くのをでぇす。落としちゃいましょぉうよぉ」

「莫迦言うな」と平林。「ふざけたこと言ってんじゃねぇよ」これは吉野だ。

「莫迦言ってないし、ふざけてもいませぇん。だぁって、ああやって逃げても、原稿ができちゃうから駄目なんです。そうは問屋が卸さないってことを、きちんと教えてやるためにも、原稿を落とすべきですってば。そうでもしない限り、この先、何度も繰り返し逃げるに決まってます。ちがいますかぁ？」

松屋がこんな具合に一席ぶつのを、宏彦ははじめて聞いた。アフロでアニメ声なので、違和感はバリバリだが、一理ある。でも賛同はしかねた。長距離バスで六時間もかけて上京してきたのに、なにもしないで、また帰るなんて勘弁願いたい。

「そうはいかねぇよ」吉野が言った。「今回のアシスタント代もらわなきゃ、来月の家賃、振りこめなくなっちまうからな」

生活費とすれば十万円は少ないが、小遣いとしてはイイ額だろ。モスバーガーで聞いた吉野の言葉である。吉野だけではない。平林もそうだ。彼らにとって漫画は生活の糧なのだ。

「アシスタント代はセンセーにきっちり払ってもらえばいいです。悪いのはセンセーなんだし。あたしも交渉しますって。だから」

「いや」平林が首を横に振る。「やろう」

「ヒラリンさん、あたしの話、聞いてましたぁ？」

「隣に立っているんだ、聞こえないわけないだろ」

「だったらどうして」

「松屋の言うとおりかもしれん。でもな、それは穴守さんと俺らのことでしかない。漫画はだれのためにある？　読者だ。『チューボー刑事』を読みたいと思うひと達のためにも、俺らが描かなくちゃいけないんだ」

「そりゃ、ドラマ化とか単行本の初版が三十万部でてた最盛期の話でしょう？　でもここんとこの『チューボー刑事』の人気アンケートの順位は、ダダ下がりで、十位前後をいったりきたりだっていうの、ヒラリンさんも知ってるじゃないですかぁ。いまや『チューボー刑事』を心待ちにしてるひとなんていません。載ってなくたって、だれも気にしませんってば」

「松屋ぁ」吉野が口を挟む。にやついてはいるものの、眉間には皺が寄っていた。「そりゃいくらなんでも言い過ぎだぜ。だったら俺ら、月に二回、ここに集まってなにやってんだって、話になるだろうが」

「だからそれはお金のためなんですよねぇ？」

「ざけんな、てめぇ。言わせておけば」

「痛い痛い痛い痛い痛い痛い」

吉野は叫ぶなり、松屋のアフロ頭を摑み、左右に振った。しかし彼女も負けてはいない。吉野の首を両手で絞めあげた。

「苦しい苦しい苦しい苦しい」

見た目は滑稽極まりなく、まるでどつき漫才だ。

「やめないか、ふたりとも」

平林が声を荒らげた。一喝とはまさにこのことだろう。吉野と松屋はお互い手を放す。

吉野はゲホゲホと咳払いをし、松屋はアフロ頭を直しながら、涙目になっていた。

「松屋に謝れ」

「俺がですか」

「先に手をだしたのはおまえだろ」

平林に命じられ、吉野は「悪かった」と松屋にしぶしぶ頭を下げる。するとだ。

「豊泉くんはどうだ？」

「ど、どうって、あの」

いきなり平林にふられ、宏彦はあたふたしてしまう。よもや意見を求められるとは思っていなかった。

「今回の原稿を描いたほうがいいか、それとも穴守さんに灸を据えるためにも描かずに落とすか」

三人の目が宏彦に集中する。

「ぼ、ぼくはみなさんの意見に従います」

「そんなの駄目だ」平林が鋭い声で言う。

「自分の思うこと、言わなきゃ狡《ずる》いわ」と松屋。

「それがオトナの社会ってもんだ」これは吉野だ。

なにがオトナの社会だ。ガキじみた喧嘩していたのはだれだっつうの。

そう思う反面だ。自分を一人前ではないにせよ、オトナとして、あるいは仲間として扱ってくれているのが宏彦はうれしかった。ガソリンスタンドのバイトでは、オジサン達の命令をこなすだけである。

「描いたほうがいいと思います」

「どうしてよぉ」松屋が食ってかかるように言う。

「描きたいからです。俺、ここでアシスタントをやるようになって、まさか自分がお好み焼きとか、ゴーヤチャンプルーとか、描くことになるとは思ってもみなかったんですが、そういうのを実際、自分でつくって描いているうちに、いろいろ発見があって、料理の他にもここで、みなさんと描いていたら、なんていうのか、楽しくなってきて、緊張もするけどワクワクもして、だからその」

言いたいことが上手に言えない。支離滅裂でしどろもどろになってしまう。全然、オトナではない。

「つまりなに？　お金のためでもなければ、読者のためでもない。自分のために描くってわけぇ？」

言われてみれば、そのとおりだった。いや、少しちがう。妹のためでもある。でもそれは言えない。どう説明してもわかってもらえないだろう。

「いいじゃないか」平林が宏彦をフォローする。「自分のため。立派な理由だ。で、どうする、松屋。それでも反対するなら仕方がない。帰ってもいいぞ」

「帰れ、帰れ」吉野が憎々しげに言う。

「なぁに言ってるんですかぁ。あたしが帰ったら、〆切に間にあわないでしょうがぁ」

松屋は自分の席へむかった。平林から預かっていた原稿を数枚持ってだ。「やりますよ、やります。やればいいんでしょっ」

宏彦は机の上に烏賊飯の写真を並べた。昨日の夜、宏彦がつくったのを動画とおなじく、妹の美和がスマートフォンで撮影したものだ。食べおわって確認したところ、ぜんぶで五十枚近くあった。その中から二十枚ほどセレクトし、葉書ほどのサイズにプリントアウトしてきたのだ。スマートフォンの画面では小さくて見づらいし、こんな具合に並べることもできない。

模写はしない。じっくり見たあとに、頭の中で再構築してから原稿用紙にむかう。そうすることで、デフォルメが効いたインパクトがあるウマそうな料理が描けるのだ。烏賊飯はできるだけ、パンパンにしよう。少し裂けてて、中の餅米が見えるくらいに描くつもりだ。

『ここにうまそうなイカメシ』

十五ページ目の下の段には、鉛筆でそう殴り書きしてあるだけだった。これまでの五品もすべて、宏彦が下描きから描いているので、べつに驚きはしなかった。

ただし今回は生の烏賊の下描きも描いていなかった。あるにはある。でもそれは上向きの矢印に鼻毛みたいな足が四、五本描いてあるだけだった。とても三十年、漫画でメシを食っていたひとの絵には見えない。

生の烏賊は下描きしたうえで、平林にチェックしてもらい、ペン入れまで済ませた。

時刻はじきに一時半、夜食までには烏賊飯の下描きを描いてしまいたい。

じつは昨日の夜のうちに、何枚か試しに描いていた。ただしどれも納得がいかない出来だった。ウマそうだが、それだけなのである。

この烏賊飯を食べるのは三十数年前に殺人を犯した、初老の男である。彼は警察の手を逃れ、逃げこんだ海辺の村に住み着いていた。そして自らの罪を償うかのように、善行を重ね、村民に乞われるがまま、村長にまでなっていた。そしていまは地元産の餅米と、水揚げ量が多い烏賊でつくった烏賊飯を村の名物にしようと励んでいる。そんな彼の元を訪れたチューボー刑事が、いっしょに烏賊釣りをしたあと、烏賊飯をつくりながら、過去の罪を問い詰めていく。主にオジサンふたりだけで展開するが、読者サービスとして、途中に『イカしたギャルズ』なる地元アイドル三人組が登場し、水着を披露する。むろん三人とも胸がデカい。

「あっ、もしもし」

隣の席で、平林が電話にでた。彼自身のスマートフォンにかかってきたのだ。ただしペンは止めない。自己紹介をする『イカしたギャルズ』を左からひとりずつ描きつつ、ハンズフリーのイヤホンマイクにむかって、話をしていた。

「そうですか。いきつけの店にはどこにもいなかったわけですね。すみません、お手数おかけしちゃって」

穴守のことにちがいない。だとすれば相手は伊勢崎だ。原稿を描く描かないで一揉めしたあと、平林は伊勢崎に電話をして、穴守の逃走劇について話していたのである。

「こっちはだいじょうぶです。こう言っちゃあ、なんですが、穴守さんがいるときよりも捗ってます。ウマくいけば、いつもより三、四時間早く仕上がるかもしれません。ははは」

吉野と松屋はイヤホンをして、ペンを走らせている。いつもどおりの光景だ。宏彦もこれまで何度か、音楽を聞きながら描こうとしたものの、気が散るだけだったので、やめてしまった。

「いますよ。代わります？　いいですか。あ、はい。ではそう伝えておきます。それではまた」電話はおわったらしい。すると平林は「豊泉」と話しかけてきた。と同時に机の端にある宏彦のスマートフォンが震える。

「それ、きっと伊勢崎さん。きみにＬＩＮＥ送るんで、すぐ見るように言われたんだ」

手に取ってみると、たしかに伊勢崎からのＬＩＮＥだ。そこにはこう書いてあった。

〈第八回メジャーズ新人賞の大賞は、きみに決定しました。おめでとう〉

え？

〈今後のことで打ちあわせをしたいので、今回の『チューボー刑事』があがったあと、昼過ぎにでもメジャーズ編集部まできてもらえませんか。ランチ奢ります〉

3

「どこかいってきたの？」

会うなり伊勢崎に言われ、宏彦は戸惑った。バイト先のガソリンスタンドの他にでかけた覚えはない。

「いい色に焼けてるじゃない」

ああ。

「実家の近くに海水浴場があるんです。歩いていける距離で、晴れた日はたいがい泳ぎにいってたんで」

「黒部って海があるんだ。ダムしかないと思った」

ひどい言われようだ。

「それ、ネーム？」テーブルに置いた紙の束を指差し、伊勢崎が言う。「量あるね。何ページあるの？」

「七十二ページです」

「それで一話分？」

「じつはその、どこで切ったらいいのかわからなくて、できたとこまでを持ってきました」

宏彦はネームを渡した。ほんのいましがた、コンビニでコピーしてきたばかりで、まだ温かい。

「こんなに細かく描く必要ないのに」

「描いているうちにそうなっちゃって。すみません」

「謝ることはないわよ。そんだけやる気があるってことよね。感心、感心。実際、このほうが読みやすいし」

　伊勢崎は宏彦のネームに視線を落とすと、俯いたまま、口を閉ざしてしまった。

「あ、あの」

「なぁに？」

「いま、ここでお読みになるんですか」

　ここは下落合のカフェだ。いや、喫茶店と呼んだほうが相応しい、よく言えばレトロな、はっきり言って時代遅れな店構えである。

　今日は黒部インターを午前十時二十分発の長距離バスに乗り、上京してきた。下落合駅に着いたのは十五分ほど前、午後三時四十五分だ。

　一昨日、伊勢崎とLINEのやりとりをして宏彦が穴守の仕事場へいく前に、打ちあわせをすることにした。店を選んだのは宏彦だ。ただし入るのは今日がはじめてだ。伊勢崎に打ちあわせの場所はどこがいいかを訊かれ、下落合を訪れる度に目にしていたこの店の名を挙げたのである。

「読まなきゃ、打ちあわせできないでしょ？」

それはそうだ。しかし目の前で自分が描いたものを読まれるのは、あまり居心地がいいものではない。漫画家になるためには、こうしたことにも慣れていくべきなのだろうか。

「ちょっと待ってて。長くはかかんないから。なんかべつのこと、しててもいいわ」

「はあ」

なにをすべきかと考え、宏彦はリュックサックからブルーベリーパイの写真を取りだした。今回、『チューボー刑事』で扱う料理である。昨日の夕方、宏彦がつくったのを、例によって妹の美和に撮影してもらった。作業中の動画もだ。とりあえず伊勢崎がネームを読みおえるまで、写真を一枚ずつ見ていくことにした。

ネームとは漫画の下描きのさらに前段階、映画で言えば絵コンテに近い。脚本でもある。簡単なコマ割りに簡略された登場人物達、そして吹きだしの台詞だけをおおまかに鉛筆描きしたものだ。

宏彦がネームを描いたのは今回がはじめてだ。大賞を獲った作品は思い浮かんだ端《はし》から、どんどん原稿用紙に下描きを描いていき、途中で進まなくなったら、しばらく放っておき、思いついたらつづけた。

ネームの描き方は伊勢崎に教わった。三週間前の木曜、『チューボー刑事』の烏賊飯の回のアシスタントがおわったあとだ。いつもならば長距離バスに乗りこむ頃に、メジャーズ編集部まででむいた。

ただし打ちあわせは、会社と道を挟んだむかいにあるファミレスでおこなった。LINEでの約束どおり、ランチを食べさせてもらったあとだ。

連載をするならば、どんな話が描きたい？

いきなり伊勢崎に訊かれ、宏彦は戸惑いつつも、できれば受賞作と同様、陸上部を舞台の話を描きたいと答えた。三十ページだけではまだまだ描き足りないと思っていたからである。受賞を逃した場合でも、つぎの応募作は陸上部のちがうエピソードを描くつもりでいたのだ。

話をしているうちに、あれこれアイデアが湧きでてきた。その多くは自らの実体験が元だ。しかしそのままではない。あのときああしておけば、こうなっていたかもという願望、あるいは妄想に近い。自分でもよくもまあ、こんな話を恥ずかしげもなくするものだと思ったくらいである。

それはきっと伊勢崎が聞き上手だったからにちがいなかった。聞きだし上手と言うべきか。

「それからどうしたの？」「ここで主人公はどう思ったのかしら？」「その大会はいつから いつまで？」「部員の男女比は？」「コーチはどんなひと？」と訊ねてきた。じつにさりげなく、先を急がせることもせずにである。しかも伊勢崎は宏彦の話を分厚いシステム手帳にメモってもいた。

おもしろくなりそうじゃない。

ひとしきり話しおえたあと、そのメモを見ながら、伊勢崎が言った。

できるだけ早く、デビューを飾ってほしいのよね。早速だけど、つぎに穴守センセーんとこで、アシスタント入るときまでに、連載一回目のネームを描いてきてくれない？ページ数はそうだな、五十ページ前後としとこうか。

そのときはじめて、宏彦はネームなるものの存在を知った。二時間以上いたファミレスをでて、編集部に戻ると、伊勢崎はメジャーズで連載中の漫画家のネームを見せてくれた。B4サイズで見開き二ページずつ描いてあり、どちらのページも外枠の線だけはプリントされていた。ネーム専用の紙だと伊勢崎が教えてくれた。

どのネームもコマ割りがしてあるものの、キャラクターと吹きだしの台詞だけだった。

そのキャラクターも表情がわかる程度にしか描かれていない。『チューボー刑事』に至っては手足もなく、マッチ棒みたいだった。しかも文字が雑で宏彦には解読不能だった。黒部に戻った翌日には、伊勢崎が自宅にネーム用紙を送ってくれた。段ボール一箱分もである。

メジャーズの発売日は毎月第一第三水曜、穴守のアシスタントに入るのは、その一週間前の火曜から木曜の二泊三日だ。ならば二週間に一回かといえばそうではない。八月は水曜が五回ある。つまり八月第三水曜から九月第一水曜のあいだは三週間だ。もちろんアシスタントに入るのも三週間空く。

宏彦はほぼ二十日かけて、七十二ページのネームを描きあげた。そのあいだ、ガソリンスタンドのバイトにふだんより多めに入った。海水浴場へもでかけた。たいがいはひとりだ。ときには美和もついてきたが、彼女はパラソルの下で読書をするだけだった。妹とは自宅でゲームに興じることもあった。しかしどんなときも頭の中の大部分を漫画が占めていた。

ちなみに家族だけには新人賞の大賞を獲ったことを報告した。いまいちピンとこない両親に、賞金が百万円だと言ったところ、ふたりは悲鳴に近い声をあげて驚いた。妹の美和は我が事のようによろこんだあとだ。冷静な口ぶりで、あたかもお告げのようにこう言った。

　つぎはデビューだね、兄ちゃん。


　伊勢崎は宏彦のネームをまたはじめから読みだした。これで三度目だ。時間にして二十分以上は経過している。

　一度目はざっと、二度目はじっくりと、そして三度目は赤ペンでネームになにやら書きこみながらだ。ときどきコマぜんたいに大きく×を付けることもあった。×が三、四コマつづくこともある。ためらいもなければ、容赦もない。

　×が付くたびに、宏彦は自らを否定された気がしてならなかった。シュッ、シュッとペンの音がする度に、心臓が縮む思いである。ブルーベリーパイの写真を見ていても、どう描くか考えるなどとても無理だった。

「さてと」さらに三十分ほどかけて、伊勢崎は三度目を読みおえると、宏彦のほうをむいた。今日のいでたちは深緑の半袖カットソーに紺色で細身のサロペットだ。宏彦の地元どころか下落合でも見かけないしゃれた装いである。「意見言わせてもらっていいかな」

「はい」いやだとは言えない。「どうぞ」なに言われるんだろ。

宏彦の全身に緊張が走る。

「思ったよりもイイ出来だった」

「ほんとですか」

「きみに嘘をついたところで、意味はないでしょ」

それはそうだが、俄には信じられなかった。原稿を持ち込んだときは絵がヘタ、話の構成がまずい、台詞が陳腐、キャラがたってない、などと散々貶《けな》されたからだ。

「少なくとも受賞作よりおもしろい。あっちは独りよがりで、自己完結しちゃっていたからね。主人公がどんだけ頑張っても、いまいちピンとこなかった。でもこのネームはちがう。主人公だけでなく、他の登場人物にも感情移入ができて、応援したい気持ちになる。これから先、どうなるんだろうとつづきを読みたくもなった」

「ありがとうございます」

まさか褒めてもらうとは。思わず礼を言ってしまう。

「あとコマ割りが変わったね。メリハリがあって読みやすくなってるんだけど、これってだれかにアドバイス受けたの？　それとも自分で考えて？」

「アドバイス受けたわけじゃないです。ただ穴守さんの原稿に接しているうちに、なんかそうしたほうがいいかなって思うようになって」

「言われてみれば『チューボー刑事』のコマ割りに似てなくもないわね」

「べつにパクったわけでは」

「こういうのをパクリとは言わないって」伊勢崎は小さく笑う。「むしろ感心するわ。アシスタントに入ったって、ただ漫然と仕事をこなしてるだけっていうのが多いんだ。きみみたいにセンセーの原稿を見て、勉強しているのなんて稀よ、稀」

勉強をしているわけではない。気づいたので、自分の漫画に取り入れただけである。

「そう言えばさ。少し話が逸れるけど、きみが料理を描くようになってから、『チューボー刑事』の人気がまた、少し上向きになってきてね。このあいだの烏賊飯の回なんて五位だったのよ。アンケート葉書に、料理がウマそうって書いてくるひとも少なくないわ」

それはよかったと、宏彦は素直に思う。うれしくもあった。ガソリンスタンドでも「仕事の覚えが早い」とか「手際がいい」とかオジサン達に褒めてもらうことはあった。でもそれとはまたべつのよろこびだ。

「さっき見てた写真はブルーベリーパイだよね。それも自分でつくったわけだ。上手にできた？」

「家族には好評でした」

「家族に食べさせているの?」

「はあ」妙な顔をされても困る。だいたい家族以外にだれに食べさせるのか。

「親御さんと」

「中二の妹です」

「仲いいのね」

「ふつうだと思いますが」

「ふつうねぇ」

伊勢崎がため息をつく。そのため息の意味がわかるほど、宏彦はオトナではなかった。

「ごめんごめん。話をネームに戻すとさ。それでもまだまだ問題は山積みなんだ。ざっくり言えばこの七十二ページの内容を六十ページ、いや、五十ページにまとめなきゃ駄目なんだよね」

「二十二ページも削るんですか。さすがにそれは」

「青い空に入道雲、丘からのぞむ町並み、道を走る男の子、主人公が自分の家に入る、『ただいまぁ』、『お帰りなさぁい』と答える母親、つづけて彼女はこう言う、『朝からトレーニング、ご苦労様』。それに答える主人公、『うん、もうすぐ国体だからね。休んでられないよ』、ご飯がもられた茶碗のアップ、そしてそのむこうに父らしき写真。それを見る主人公、彼の思いの台詞、『頑張らなきゃ、父さんのためにも』。ここまでで七ページ。さらにこのあと、丘の上までランニングをするけど、これに五ページも費やしている。使い過ぎだよ」

「走りのディテールをきちんと描くべきだと思って」

「だったら訊くけどね。この漫画が新連載としてメジャーズに載ったとしてよ。きみは読む？　十代の男の子が延々と走ってるだけの漫画を？」

宏彦は言葉に詰まった。たしかに読まない。そんな漫画、まるで食指が動かない。

「この冒頭だけじゃない。ひとつひとつの場面が冗漫なのよ。さっきも言ったようにコマ割りにメリハリはあるから、読み進めていくことはできても、かったるくてしょうがないんだよね。私は編集者だし、きみの担当だから、そりゃ読むよ。でもふつうの読者だったら、このへんで飛ばして、べつの漫画にいくに決まってる。でしょ？」

ぐうの音もでないとはまさにこのことである。自分はもう自分のためだけに漫画を描いてはいられないのだとも思う。

読者のため、生活のため。

「きみ、私とはじめて会ったとき、なんて言ったか覚えてる？　この雑誌の漫画はおもしろくないって言ったよね？」

「あ、はい」なんてことを言ってしまったんだ、俺。

「こうも言ったよね。こんなやつらに負ける気なんか全然しない。さっさと俺をデビューさせろって」

「そ、そうは言ってないと思います」

「それに近いことは言った」

かもしれない。

「いまもそう思っている？」

伊勢崎が顔をあげ、宏彦を正面からじっと見据えた。挑発しているのは明らかだ。目を逸らそうとしてもできなかった。

ええい、こんちくしょうめ。

「はい」

「いいね。その意気よ」伊勢崎が右手を差しだしてくる。なんだろうと思って、彼女の手を見てしまった。

「握手」

宏彦は伊勢崎の手を握った。考えてみれば、女性の手を握るのはひさしぶりだ。

「ふたりで天下獲ろう」

新人賞のつぎはもう天下獲んのか。大変だ。少しは段階を踏むべきだ。まずはデビューしなきゃ。

そのあとネームのどこをどう直せばいいのか、伊勢崎から聞いた。このページはこう、つぎのページのことここはこうと、どのページも最低でも三ヶ所、多いところは数えられないほどである。コマの大きさや台詞の言い回し、キャラの視線に至るまで、ありとあらゆることを指摘された。

はじめのうちこそ圧倒され、頷くばかりだった。しかしこのまま言いなりになるのも癪だし、これでは自分のネームではなく伊勢崎のモノになってしまうとも思い、次第に自分の意見も言えるようになってきた。

「でも伊勢崎さん、そのコマを取っちゃったら、なんで陸上部OGの彼女がここにあらわれたのか、わからなくなります」

「だからいいんじゃない。そのほうがインパクトあるでしょ。ページをめくって彼女が登場、みんなの視線が集中する、読者だってだれだってなるでしょ」

「いきなり過ぎますって。だって彼女がここにくる理由もよくわからないし」

「だったら前のほうで、説明しておいたらどう？」

悔しいかな、伊勢崎の指摘は的を射ていることが多かった。それでも宏彦は彼女に屈せずに、意見を述べつづけた。こうまで熱く語れるものかと、自分でも驚くほどである。伊勢崎は自らの意見を押しつけることはない。宏彦の話にもきちんと耳を傾けてくれた。さすがオトナだとは思ったものの、オトナがみんなそうだとは限らないことは、十八歳の宏彦も知っていた。

これだけ長い時間、ひとと話をするのは、高校卒業以来だった。でも高校の頃は、なにも考えず、ただダべっているだけで、こんなふうに、意見を戦わすことなどなかった。それも喧嘩などではなく、ある意味、仕事としてとなると、人生ではじめてと言っても過言ではない。

やがてこの打ちあわせ自体が、宏彦は楽しくなってきた。伊勢崎が自分をオトナとして扱ってくれていることがうれしくもあった。

そうこうしているうちに、窓の外が暗くなっていた。午後七時過ぎだ。この喫茶店に入ってすでに三時間、ただしネームはまだ二十ページほど残っている。

「夕飯を食べてから、つづきをやろう。穴守さんとこは十時だよね」それまでみっちりやるつもりなのだろう。宏彦としても、時間を持て余すよりもそのほうがいい。「下井草にいって、焼肉、食べようか」

焼肉にありつけるなんて、思ってもみなかった。豊泉家では焼肉はご馳走である。なにか特別なことがない限り、食べることはない。家族に申し訳ないとは思う。だが焼肉の誘惑に勝てようか。いや、勝てない。

「そうだ、これ」伊勢崎はデカめのショルダーバッグから四つ折りにした紙をだして開いた。「ブルーベリーパイとおなじ号のメジャーズに載る新人賞発表の記事なんだ。それの校正刷りって言ってね。間違いがないかどうか、たしかめるためのものよ。きみ、ペンネームじゃなくて、本名でいいのよね。文字、あってる？」

〈大賞受賞作『イダテン！』豊泉宏彦（18）〉。

「間違いありません」

『イダテン！』は大賞が決まったあとに、伊勢崎が付けたタイトルだ。宏彦自身、決めていなかったのである。

名前の隣に編集長による寸評が書いてあった。

〈作者自身の純粋な視線で、ありのままの高校生が描かれている。地味で華はないものの、その純朴さが読み手の心を打つ〉

視線が純粋だなんてはじめて言われた。親には世の中を斜に見過ぎていると叱られることが多い。だいたい十八歳の男子に対して純粋は褒め言葉ではない。莫迦にされているとしか思えない。地味で華がないというのも、所詮は田舎者と言われている気がする。

それはさておきだ。

「吉野さんが佳作だって、本人から聞いたんですが」

吉野の名前がない。

「大森《おおもり》ツユダクっていうのが彼」

ペンネームというわけか。

「吉野さんは俺が大賞を獲ったこと、知っているんでしょうか」

「どうかしら。担当になった編集者が話しているかもしれないな。なに？　気まずい？」

「いえ、そんな」宏彦は曖昧な返事をしてしまう。吉野ごときにビビっていると思われるのも癪である。

「彼、たしか佳作獲るまでにけっこう時間かかってるもんな。歳も三十近いはずだし。知ってたら、なんか言われるだろうね」

それを考えると憂鬱だ。

「でも気にすることないわ。この世界は実力がモノを言うわけだからさ。所詮は負け犬の遠吠えと聞き流せばいいだけのことよ」

そうできればいいのだが。

「念のため、焼肉屋、予約しておくわ」伊勢崎はスマートフォンを手にとった。「やだ、ヒラリンさんから電話があったんだ。なにかしら」画面をタップして耳に当てる。「平林はすぐでたらしい。「もしもし伊勢崎です。電話いただいたみたいで。ごめんなさい。いえ、編集部じゃなくて下落合に。豊泉くんと打ちあわせしてたとこです。なにかありました？　はい？　マジで？　まいったなぁ。了解です。いま、そっちぃむかいます」

伊勢崎の表情が一変した。ただならぬ気配さえ醸しだしている。

「ヒラリンさんになにか？」

「彼は平気。じつは今日、少し早めに穴守さんとこに入ってもらってて」

だとしたら。

「穴守さんがいなかったんですか」

「いたことはいたんだけど」伊勢崎はショルダーバッグを肩にかけ、すっくと立ちあがる。「ごめんね、豊泉くん、焼肉は今度だわ。それといますぐ私と穴守さんとこ、いってくれないかな」

伊勢崎はバイクではなかった。ふたりで西武新宿線に乗りこみ、下井草にむかう。穴守の自宅には二十分足らずで辿り着いた。近づく途中で、二階の灯りが点いていないのに気づく。はたして穴守の身になにが起きたかと言えばだ。

「俺、七時前にきたんですが、そんときにはもう、この状態でした」

平林が言った。腰に両手をあて呆れ顔だ。すべてを諦め切っているようにも見えた。

気持ちはわからないでもない。伊勢崎を含め三人はキッチンにいた。アシスタント部屋のすぐ隣のみんなが出前を食べる丸い食卓で、穴守は俯せになって眠っていた。ひどく酒臭い。酔い潰れているのだ。

「原稿は？」

「下描きが半分もできてません」

「最悪」伊勢崎は吐き捨てるように言う。

食卓は空になったビールや発泡酒、サワーなどの空き缶で埋め尽くされていた。日本酒のワンカップもある。近所のコンビニででも買いこんできたのかもしれない。

「起こそうとしたんですが、どんだけ名前を呼んで揺すっても、起きようとしなくって」

「こうなったらオシマイよ。二十四時間は起きないし、起きてもさらに二十四時間は使い物にならないわ」

「俺がもっと早くくればよかったんですが」

「ヒラリンさんは悪くないって。これだけの空き缶があるってことは、三時四時には呑みはじめていただろうし」

「でもどうします？」

「邪魔だから二階の寝室に運びましょ。豊泉くん、おぶってける？」

「だいじょうぶだと思います」

「それとここを片付けるべきよね。ゴミ袋って、どこにあるのかしら」

「伊勢崎さん、俺がどうしますと言ったのは原稿のことなんですが」

「そっか。そうだよね。吉野くんと松屋さんにすぐ連絡とってくれる？　なるたけ早くきてもらわなきゃ。ここの掃除は私がするから、ヒラリンさんはすぐ原稿にかかってちょうだい」

「俺が描くんですか？　下描きも？」

「ネームがあればできるでしょ？」

「できないことはないですが、いいんですか。俺がやっちゃって」

「いいわよ」伊勢崎は少しもためらわずに即答だ。「『チューボー刑事』はこのあいだの烏賊飯は五位だったのよ。せっかく上り調子のときに休みなんて、もったいないとは思わない？」

「それはそうですが」

「編集長とは近いうちに巻頭カラーにしようかって、話にもなってるの。このチャンスを逃したら、元も子もないわ。お願い、ヒラリンさん」

ほんのしばらく沈黙があった。聞こえてくるのは穴守の寝息ばかりだった。いい気なものである。しかしその寝顔はもがき苦しんでいるように見えなくもない。

「わかりました」平林が静かに答える。ニキビが目立つその顔に、決意と覚悟、そして若干の諦観が浮かぶ。

「ありがとう」

「俺も生活がかかってますからね。一回でも休まれると困りますんで」冗談めかした口ぶりだ。しかし前回、吉野に聞かされた話からすると、本心にちがいない。「二階からネームと原稿、取ってきます。吉野と松屋にもＬＩＮＥ送りますんで」

「頼むわ」

そのときだ。タイミングを見計らったかのように、玄関のベルが鳴った。キッチンの壁に設置されたインターフォンのモニターにひとの顔が見える。暗いがカラーなので、女性だとわかった。

「どちら様ですか」

通話のボタンを押して、宏彦が訊ねた。いちばん近くにいたからというのもあるが、来客への対応はアシスタントの中でいちばん下っ端の宏彦の係なのだ。とは言ってもたいがいは宅配か、昼間であればなにかしらの勧誘だった。

「あなたこそだれ？」

こんなことを言われたのははじめてだ。ヤバいひとかと思い、どう対応したらよいものか、困っていると、横から伊勢崎がモニターを覗きこんだ。

「大変」小さく呟いてからだ。「穴守センセーの奥様でいらっしゃいますよね？」

なんと。モニターの中にいる女性をマジマジと見てしまう。この広い一軒家に一人暮らしは不自然だとは思っていたのだ。ふだんは暮らしていて、仕事のあいだだけ、よそへいくのだろうか。

「その声は伊勢崎さん？」

「おひさしぶりです」

「ウチのひと、いるぅ？」

「いることはいるんですが、じつはその」

「まさか酔い潰れているとか？」

「まさにそのとおりでして」

「やんなっちゃうなぁ。中、入りたいんだけど、鍵忘れちゃったのよ。郵便受けにも入ってないからさ。玄関、開けてくんない？」

「ほんと駄目なひとね」

吐き捨てるように言ったのは穴守の奥さんだ。肩幅があり、がっしりとしている。なにかのアスリートにしか見えないのだが、どうだろう。

「このひと、保険に入れないぐらい、γ《ガンマ》-GTPの数値が高いのよ。アルコールのせいで、肝臓がひとの二倍の大きさあるんだから」

「そうだったんですか」伊勢崎が呻《うめ》くように言った。「それじゃこんなに呑んだら、いけないいんじゃ」

「何度言っても聞かないんだから、しょうがないわ。昔っからそうよね、ヒラリンくん」

「え、ええ、まあ」

平林が宏彦を紹介したものの、奥さんは一瞥《いちべつ》しただけだった。そして流し台のほうにまわって、どこからか半透明のゴミ袋を一枚取りだし、食卓に並んだお酒の空き缶をそこへ放りこんでいった。

「奥さん、私、しますんで」

「いいわよ、べつに。これは家のことだから、あんた達がすることはないわ。でもまあ、私もこの家の人間じゃなくなるわけだけどね」

「それって、やっぱり」伊勢崎が心配げに訊ねた。

「このひとの奥さんじゃなくなるってこと」空き缶をゴミ袋につぎつぎと入れ、穴守の奥さんは答える。

「別居なさってるって、話は聞いていたのですが」と伊勢崎。

「なさってるわよ」穴守の奥さんは笑う。「息子が小学五年になるタイミングで、私の実家近くにあるマンションに引っ越したの。だからじきに五ヶ月ね。私自身は一ヶ月にいっぺんくらい、ここに戻ってきて、今後のことを彼と相談していたのよ。だけど離婚については、このひと、どうしても首を縦に振らなくてね。それでもまあ、弁護士さんとかも含めて、話し合いをつづけて、今日は離婚届に判子を押してもらうことになっていたのに、この有様よ。やんなっちゃうわ。このあいだなんか、こっからタクシー飛ばして、私のマンションに夜中乗りこんできて、俺もここに住むって大騒ぎだったのよ。私の父や兄がきて、実家に連れてってもらって、事なきを得たんだけど」

「奥さんの実家って山梨でしたよね」伊勢崎が探りをいれるように言う。

「甲府よ」

「いまの話、三週間くらい前じゃありません？」

「たぶんそんくらい。慌ててたもんだから、靴を片方、履くのを忘れてきただなんて。いくら慌ててるからって、靴を片方履かないなんてことある？　ないわよね？」

間違いない。あのときだ。原稿を描かず、奥さんのマンションにいったのだ。

結局は伊勢崎をはじめ平林や宏彦も、空き缶を片付けるのを手伝った。ものの五分もかからず、きれいに片付いたあとだ。

「このひと、いる？」穴守を指差し、奥さんが伊勢崎に訊ねた。

「え、あ、いや」

「いらないわよね。こんだけ酔っ払ってたら、三十六時間は起きないし、そのあと二日は使い物にならないわ」

「そんなにですか」伊勢崎が確認するように言う。「昔はもっと回復が早くありませんでした？」

「歳を取って、お酒が弱くなったのよ。他にもイロイロ弱くなってるわ」奥さんは品のない笑い方をする。「それとウチにきたとき、言ってたわよ。ぼくがいなくっても、『チューボー刑事』の原稿はできるんだって」

「そ、そういうわけでは」伊勢崎が口ごもる。

「私、父と兄といっしょにきてるんだよね。近くのパーキングで待ってもらってるんだけど、いまから呼んで、運んでもらうから。いいわね？」

「酔い潰れた人間を連れ去っていくなんて、誘拐っつうか拉致じゃないですか」

吉野と松屋、ふたりとも平林がＬＩＮＥを送ってから三十分足らずで、ほぼ同時に訪れた。そしていましがた、伊勢崎から穴守の一件を聞かされたところである。驚きの声をあげたのは吉野だ。場所はキッチンで、平林と宏彦もむろんいた。五人で食卓を囲んでおり、宏彦が座っているのは、小一時間前まで、穴守が寝ていた椅子だった。

穴守が連れていかれたあと、宏彦はコンビニで買い求めた、おにぎり三個とコールスローサラダを平らげた。いまのうちになにか食べておきなさいと、伊勢崎に言われたのだ。これで支払ってきていいからと、彼女にはＳｕｉｃａも借りた。焼肉がコンビニ飯になってしまったわけだが、この非常事態だ、仕方がない。

「あのオバサンがやりそうなことですよぉ」松屋が憎々しげに言った。「昔っから強引なんですよねぇ。本命の彼女とデートをしていた叔父さんをさらって、自分とつきあうよう脅したって、ママ、言ってましたもん。そんときもお父さんとお兄さんがきたんですって。どうかしている」

松屋が穴守の姪であることも、吉野から聞いている。しかし彼女が穴守を叔父さんと呼ぶのは、いまはじめて耳にした。

「あそこん家、みんな空手の有段者なんですよ。さすがに素人に手をだす真似はしませんけどね。それでもあの一家に囲まれたら、叔父さんじゃなくてもビビって、言うことをきくしかないよなぁ」

　あれは空手で鍛えた身体なのか。

　奥さんの父と兄もまた、がたいがよくて背が高かった。親子ではあるが、ふたりとも口髭を生やして、見た目はマリオブラザーズみたいで、兄のほうが穴守をひょいと肩に担ぎ、運んでいってしまった。

「そういったわけで、今回は俺が残りの下描きもやって、ペン入れもぜんぶすることになったんだが」平林は松屋に顔をむける。「それでもアシスタント、やってくれるか」

「なんであたしに訊くんですぅ？」

「前回、落とすべきだと言ってただろ」

「正直、いまだってそう思ってますよぉ。だって『チューボー刑事』は穴守大地の作品でしょ？　なのにヒラリンさんが下描きしてペン入れまでするなんて、どうかしてますもん。だけどここであたしが抜けても、背景やモブシーンを簡単にしたり、ベタ塗りやスクリーントーンを減らしたり、最悪の場合はページ数を削ってでも原稿を仕上げるつもりでしょう？」

「そのとおりだ」平林は口角をあげた。「わかってるじゃないか」

「だったら抜ける意味ないんで、やりますよ」

「恩に着るわ」伊勢崎が深々とお辞儀をする。食卓の天板に額がつくほどだ。そして顔をあげ、一同を見回す。「なにか質問とかある？」

「ひとついいですか」吉野が手を挙げる。「今回のことと直接、関係ないんですが」

「なにかしら」

「新人賞の結果、納得いかないんです。なんで豊泉が大賞で、俺が佳作なんですか」

やはり知ってたのか。

でもそれ、いま訊く？

「やったじゃなぁい、豊泉くん。おめでとぉ」

松屋に礼を言いかけたが、宏彦は口を噤んだ。真向かいの吉野が上目遣いで睨んでいたのだ。

「なんでもなにも豊泉くんの漫画のほうが、あんたのよりもおもしろかったからに決まってるでしょう？」

松屋があっけらかんと言った。無責任極まりなく、挑発しているとしか思えない発言だ。

「なんだと、松屋っ、てめぇ」

吉野ときたらあっさり挑発に乗った。椅子から立ちあがり、怒りを露にしたのだ。そのうえ食卓にのぼり、松屋に摑みかかろうとする。如何《いかん》せん短気で単純過ぎる。

「よしなさいって」

そんな吉野のうしろ襟を摑み、椅子に戻したのは伊勢崎だった。細い腕ながらも、たいした力だと宏彦はつまらぬことに感心してしまう。

「だったら教えてください。俺の佳作は甘んじて受けましょう。でも豊泉の大賞は全然、納得できません。絵は古臭くて話の展開がユルユルの、あんな泥臭い漫画、どこに百万円の価値があるんですか」

三週間近く前に、モスバーガーでおなじことを言われた。あのときは親身で励ましでもあった。しかしいまはちがう。悪意と敵意のみだ。

「その泥臭さ、編集部内では純朴さって言われて高く評価されたのっ」

「全然納得いきませんっ。俺、佳作を獲るまで二年以上かかったんですよ。なのに十歳も年下のアイツが、はじめてだしたので大賞だなんて。つうか、豊泉、なんでそんなに黒いんだ」

いま気づいたのか。

「海にでもいって焼いてきたのか。カノジョとかいってたんじゃねぇだろうな。ふざけんなよ、なにリア充ってんだよ。調子に乗るのもたいがいにしろ」

「俺は奨励賞だった」

平林だ。いきりたつ吉野よりもずっと小さい声なのに、みんなが彼のほうをむいた。

「BBの新人賞だったけどな。高校二年から応募して、奨励賞をもらったのは二十歳のときだ。つまり四年かかった。だが俺の場合、その半年後にはプロデビューしていた。俺を含めた五人の新人が、おんなじ原作の一話分のネーム描かされてな。大賞や佳作のヤツもいた中から俺のが選ばれたんだ。でもまあ、その原作を書いたヤツのせいで、いまはアシスタント生活に逆戻りしてるわけだがな。つまり俺の言いたいことは、たとえ佳作だとしても、おまえは漫画家としてデビューするチャンスを摑んだんだ。他人を僻《ひが》んだり妬んだりしてもしょうがない。そりゃあ、賞金は豊泉の十分の一しかもらえなくて、おもしろくないかもしれない。その気持ちはわかる。でもだったらさっさとデビューして、自分の漫画で稼げるようになれ。参考までに言っとくが、BBの奨励賞は賞金一万円だったんだぞ。それ考えたら、イイほうだろうが」

平林が話しているあいだ、吉野は椅子に腰をおろした。不満顔だが怒りはおさまったらしい。

「それから豊泉っ」

「あ、はい」平林に名を呼ばれ、宏彦は思わず背筋を伸ばした。

「大賞、おめでとう」

「ありがとうございます」

「俺もおまえの漫画、イイと思ったよ」平林はさらに言い募った。「でも大賞だからって安心しちゃ駄目だ。俺が奨励賞を獲ったときの大賞受賞者は結局、デビューできずに消えちまったからな。そんだけプロの世界は厳しいってことさ。サバイバルだよ、サバイバル。勝ち抜く努力を怠ったら、生き残ってくことができないからな。頑張れよ」

「は、はい」

「かく言う俺だって、いつまでもアシスタントに甘んじてるつもりはないからな。いまやおまえは俺にとってライバルだ」

平林はにやりと笑う。しかしその目は笑っていなかった。

「これ」アシスタントの部屋に移動し、各自が席に着いてからだ。隣の席の平林が写真のファイルを三冊、差しだしてきた。

「なんですか」と訊きながら、宏彦は受け取る。写真はいずれも手札サイズだ。たぶん七十枚以上はあるだろう。

「俺と穴守センセーの家族で、ブルーベリー狩りにいったときの写真だ。五年も前になるかな」

なぜ、それを俺に？

口にださずとも表情にでたらしい。

「八割方は各々の家族のスナップだけど、残りの二割はいつか漫画でつかうときがくるかもしれないって、撮っておいたヤツだ。まさか日の目を見るときがくるとはね。ブルーベリー狩りの場面はこの写真を元に背景を描いてくれ。それときみ、いつもその回の料理を実家でつくって、動画まで撮っているよね。今回も？」

「やってきました」

「十二ページ目から十五ページ目まで、チューボー刑事が子供相手にパイのつくり方を教えるんだけど、ひとの動きや立ち位置とかを、俺がラフで描くんで、それを元に下描きとペン入れもしてほしい」

「四ページもですか」

「ぜんぶじゃない。顔は俺が描くから」

だとしても食材や調理器具のみならず、つくるひとの手や身体の一部は描かねばならない。

「できるだろ」

「新人賞の大賞受賞者だったら、そんくらい簡単だろ」

嫌味ったらしく言ったのは、もちろん吉野だ。そんな彼に平林が右手からだした赤い光線を浴びせる。いつの間にかレーザーポインターを手にしていたのだ。

「うわっ」吉野が小さく悲鳴をあげる。

「俺ひとりで下描きしてちゃ間にあわないからな。おまえや松屋にもべつの場面を頼むから待ってろ」平林は宏彦のほうにむき直った。「どうにかなるよな。っていうか、どうにかしてくれ」

「わかりました」他になんと言えばいい？

「その前に六ページ目の一コマ目、ブルーベリー園全景な」宏彦に渡したファイルの一冊を手に取り、平林は捲っていった。「この写真、そのまんま描けばいいから。頼んだぞ」

かくして宏彦は延々とブルーベリーを描きつづけた。正直、前回の烏賊のほうが描きでがあったし、描いていて楽しくもあった。しかしブルーベリーはちがう。なんというか、いまいち摑みどころがないのだ。

そもそもブルーベリーの木というのが、〈木〉っぽくない。リンゴや梨、柿、栗ならば、がっつり〈木〉だし、葉っぱにも特徴があるので描きやすい。ところがブルーベリーの木はせいぜい成人の背丈ほどしかないのだ。しかもそのカタチときたら、草っぽいのだ。ネットで調べると、なんでもツツジ科スノキ属に分類される低木果樹とやらしい。言われてみれば、その木の生え方はツツジを思わせた。

なんにせよ描くと、背が高い草にしか見えないのが難だった。枝のところどころに、小さな実がなっているだけなのだ。おかげでどれほど頑張って、ブルーベリー園の全景を描いてみても、ぱっと見、草むらにしか見えなかった。労多くしてというヤツである。

つぎにその実をアップというか、寄りで描くにしても、ブドウにしか見えない。実物の写真でもそうなのだ。モノクロの絵ではブドウとのちがいは、ほぼなくなってしまう。まったくもってやれやれだった。それでも、ときどき平林に確認をしてもらいながら、どうにか描き進める。

平林自身が言ったとおり、写真の八割方には平林か穴守の家族が写りこんでいた。平林はいまよりも痩せていた。十キロは少ないように思う。頬や顎の下に肉が付いていないのだ。平林の奥さんは小柄でけっこう美人だ。娘は奥さん似だった。たぶん七、八歳だろう。

穴守もいた。こちらはいまと変わらない。しかし妙に違和感があった。陽の光の下にいて、えらく健康的だ。酔い潰れていた彼とはまるでちがう。穴守が男の子とふたりで特撮ヒーローの変身ポーズを構えている写真がある。息子にちがいない。こちらは平林の娘よりも幼かった。奥さんもいた。写真の彼女のほうが溌剌としていた。いずれの家族も満面の笑みで、ブルーベリー狩りを存分に満喫しているにちがいなかった。

カリカリカリカリカリ。

隣の席からペンの音が聞こえてくる。平林だ。人物にペン入れをしているのだ。横目で見るとはなしに見る。凄い。主人公のチューボー刑事が瞬く間に仕上がっていく。宏彦は息を飲んだ。その早さには目を瞠《みは》るものがあった。まさしく命を吹きこんでいるようにしか思えない。漫画家たるもの、みんながみんなこうなのか、それとも平林だけが特別なのか。

いまやおまえは俺にとってライバルだ。

『スイキューガールズ』でヒットを飛ばしながらも、原作者の不祥事で連載が打ち切りになり、単行本が絶版になってしまい、ふたたび穴守の元でアシスタントをはじめ、挙げ句の果てに穴守の代わりに彼の作品を描かされているのだ。生活のためと言ってしまえば、それまでだろうが、その胸中を宏彦は察することはできなかった。十八歳では難し過ぎる。

しかも平林はとても楽しそうだった。インク壺にペン先を突っこみ、原稿にペンを走らせ、愉快でたまらないとばかりににやついていた。鼻歌まで唄っているのだ。いよいよもってわからない。

「どうした？」

不意に鼻歌が止み、平林が声をかけてきた。ただし手は休めずにである。

「いえ、あの、ブルーベリーの実がいまいちよく描けなくって。大きさがうまいこと、表現できないんで、どうしたらいいものかと」

「それって八ページ目の三コマ目で、ブルーベリーのアントニオなんとかが目にいいって、チューボー刑事が説明してるとこだよな」

アントニオでは猪木だ。正しくはアントシアニンだが、宏彦は訂正しなかった。

「ブルーベリーの実を何粒か、チューボー刑事の手の平に載っければいい。そうすれば大きさが表現できる」

なるほど。

「手も俺が描いちゃっていいんですか」

「いいよ。下描きできたら見せてくれ」

「わかりました」

宏彦は鉛筆を握り直し、まずは広げた手の平を描きだす。しばらくして平林がふたたび唄いだした。今度は微かに歌詞も聞こえてきた。

♪俺にはコミック雑誌なんか要らない
俺にはコミック雑誌なんか要らない
俺にはコミック雑誌なんか要らない
俺のまわりは漫画だかぁら♪

4

右手に海が広がっている。日本海だ。宏彦はそれをヘルメットのシールド越しに見ていた。九月がはじまったばかりで、陽射しはまだまだ強く海原は眩しいほどに光り輝いていた。

宏彦はバイクの上だ。漫画の持ち込みで上京した夜とおなじく、伊勢崎がハンドルを握るナナハンのうしろで、彼女にしがみついていた。東京の町中でも現実味がなかったが、日本海沿いを走るいまもおなじ思いだ。

今朝、起きたときには、いや、正午過ぎまでは、こんなことになるとは思ってもいなかった。しかし昨夜から、こうなる運命を辿りはじめていたにちがいない。

そう、夜の十一時あたりからだ。

そのとき宏彦は汗を描いていた。

額から滝のように流れる汗だ。

主人公のカケル（仮名）が二百メートル十本の走りこみをおえたところだ。カケル（仮名）とおなじ一年生が地面に倒れている中、カケル（仮名）ひとり、息を切らしてはいるものの、膝に手をつき、かろうじて立っていた。

前回、七十二ページあったネームは五十ページまで縮めろと伊勢崎に言われたが、結局、五十六ページになった。これ以上、縮めることは無理だ。

ただ単にページ数を減らしただけではない。余計な部分は切り取って、なおかつ新しいエピソードを盛りこんでもある。さらに前回のネームではカケル（仮名）が陸上部に入るかどうか迷っているところでおわっていたが、今回は入部した初日だ。

腕立て伏せ百回、腹筋百回、スクワット五十回、校舎の一階から四階までの階段五往復、そして二百メートル十本の走りこみだ。いきなりハードなトレーニングに、入部したての一年生が音をあげて、つぎつぎと脱落していく。さらには河川敷をランニングするのでついてこいと先輩に命じられ、一回目はおわる。汗だらけのカケル（仮名）のアップが最後のコマである。

これは宏彦の実体験が元になっている。ただし高校の陸上部では初日からここまではしなかったし、つづけざまにすることもなかった。

主人公は大賞受賞作とおなじキャラで、健一というおなじ名前だった。これでは平凡過ぎるから、べつの名前にしようと言ったのは伊勢崎だ。

陸上部だから早井《はやい》カケルはどう？

宏彦は難色を示した。いくらなんでも安直過ぎる。健一よりイイとも思えない。

それはちょっと。

こういうのはわかりやすいのが、いちばんなのよ。

かと言って、宏彦になにか代案があるわけでもなかった。そのうち思い浮かぶだろうと、いまはカケルにしておいた。

鉛筆でカケル（仮名）の顔に汗を滴らせていく。ネームなのでここまで描きこむ必要はないが、どうしても描いてしまう。そして顔のまわりに「ゼェゼェゼェゼェゼェ」と文字を描いていく。自分でも知らぬ間に「ゼェゼェゼェゼェ」と口にしながらだ。

これでよしっと。

完成だ。

宏彦は黒部の自宅にいた。二階の自分の部屋だ。親には学校に通っていた頃よりも、最近のほうが机にむかう時間が長くなったと皮肉まじりに言われる。たしかにそうだ。バイトの日は帰ってすぐ、休みの日は丸一日、食事のとき以外は自室にこもっていた。ときどき妹の誘いで、夕方近くに散歩へいく程度だ。

兄ちゃん、身体に毒よ。

身体が弱いおまえが言うなとは思いつつも、口にはしなかった。冗談でも傷つきかねない。

穴守大地不在のまま、『チューボー刑事』の原稿を二泊三日で仕上げ、黒部に戻る前に下落合の喫茶店で、伊勢崎とふたたび会い、新連載のネームについて最後まで打ちあわせをおこなった。そして黒部に戻ると、六日でネームを改稿した。

前回のネームで使えるところは切り貼りすればいいと、伊勢崎に言われたものの、一ページ目からラストまで、全五十六ページ描き直した。さらに言えば前回よりも描きこんである。

八月後半から九月の頭にかけては、ガソリンスタンドのバイトはほぼ毎日入っていたため、寝る間を惜しんで描きつづけた。つぎに上京する際、つまり来週の火曜に伊勢崎と下落合の喫茶店で打ちあわせをする予定だった。そのときまでにできていればいいものを、ともかく一日でも早くおわらせたかったのである。

宏彦はここ最近、朝六時に起床し、自宅周辺を十キロほど走っていた。新連載にむけてのネームを描きはじめた頃から、主人公のカケル（仮名）と同様、自分も走るつもりだったのを、ようやく実行に移したのだ。足の運びや手の振り方、呼吸の仕方、疲れ具合、どんなふうに汗が流れていくのかといったことを自らモデルというか実験台になって、改めて知っておいたほうがいいと思ったのである。高校の頃に比べたら、だいぶ体力が落ちているのが、自分でもわかる。そもそも身体が重い。体重が五キロ増えたのだ。とりあえずこの五キロ減らすのを当座の目標にもした。

一応、伊勢崎さんに報せておくか。

ネームを先に送ってもいい。そしたら目の前で読まれずにすむ。机の端っこで充電してあったスマートフォンを手に取った。

〈ネームの改稿できました。先にファクシミリか、コピーして郵送でお送りしましょうか〉

ＬＩＮＥで送信してから、夜の十一時過ぎだと気づいた。ただしこの時間でも、アシスト部屋に彼女からの電話はよくあった。さらに深い時間に、夜食を差し入れにくることもだ。

喉の渇きを感じる。小腹も減った。アシスタントをはじめてから、夜食を食べるようになったせいか、夕食にどれだけ食べても、夜中になにか食べたくなるのだ。体重が増えたのはこれが原因かもしれない。

階下に降りて、真っ暗なキッチンに灯りを点ける。念のために持ってきたスマートフォンを食卓に置き、冷蔵庫から一リットルのペットボトルをだす。中身の麦茶をグラスに注いでいると、スマートフォンが唸った。画面を見れば伊勢崎からだった。こちらから送って五分も経っていない。しかもだ。

〈明日、そっちへいきます〉

明日はガソリンスタンドのバイトはない。一日フリーではある。しかしほんとに明日くるつもりなのか。そう思っていると、すぐにつづきが届いた。

〈できれば午前中、どこか打ちあわせができるところ、ありませんか〉

黒部だと場所が限られる。まさか自宅というわけにもいくまい。富山市街ならば、いくらでもある。

〈富山駅近くにスターバックスがあります〉

〈それって世界一美しいスタバかしら〉

ちがう。それは富山環水公園《かんすいこうえん》にあるスタバだ。駅からはそう遠くない。いっそそちらにしようか。休日には行列ができるほどの盛況ぶりだが、平日の朝ならばだいじょうぶだろう。その旨をＬＩＮＥで送る。

〈午前十時では早過ぎますか〉

〈こっちはかまいませんけど、伊勢崎さん、そんな早くにこられます？〉

〈いまから少し寝て、午前三時にはバイクでそちらにむかいます〉

マジか。そこまで急がずともと思わないでもない。

〈了解しました。どうぞお気をつけて〉

なんかスゲぇな。

伊勢崎の想像だにしなかった行動に、宏彦は驚くばかりだ。〈いまから少し寝て〉と言うからには自宅なのだろうか。それとも会社にどこか眠る場所があるのか。

カレシの部屋だったりして。

そう考えてみると、宏彦は伊勢崎の私生活をまるで知らなかった。既婚なのかどうかどころか、年齢さえ訊ねたことがない。

興味がないわけでもない。しかしそういう質問はセクハラになると、聞いたことがある。ともかく無事に富山まできてもらいたい。これで事故にでも遭おうものなら、寝覚めが悪くなる。

やかんに水を入れ、火にかけた。そして流し台の下の引きだしから買い置きしてあるカップ麺をだす。そのビニールを剝がしていると、階段の電灯が点くのが見えた。同時に足音がする。妹が降りてきたのだ。

「兄ちゃん、明日、バイトないよね」

キッチンに入ってくるなり、宏彦に話しかけてきた。その手にはスマートフォンが握られている。なにやら本も持っていた。

「おまえ、明日、学校だろ。こんな時間まで起きてて平気か」

「だいじょうぶだって」美和は自分の椅子に座る。「明日、いってほしいとこがあるんだけど」

妹に頼まれ、漫画やお菓子などを買いにいくのは珍しいことではない。

「富山か」だったらちょうどいい。

「じゃなくて」美和はおなじ県内でも富山よりも先にある町の名前を言った。

「なんで、あんなとこ、いかなくちゃいけないんだ」

黒部よりも寂しい町だ。自宅からだと二時間、いや、二時間半はかかるだろう。カップ麺の蓋をあけ、沸いたお湯を注ぎこむ。妹は食卓に本を置いた。『Ｓｈａｎｇｒｉ－Ｌａ《シャングリラ》』という漫画の第一巻で、この本も今年の五月、宏彦が富山の本屋で買ってきてあげたものだ。

美和はこの漫画の大ファンだった。『月刊クレシェント』というちょっとマニア向けの分厚い雑誌で連載中で、妹は『Ｓｈａｎｇｒｉ－Ｌａ』を読むためだけに、その雑誌を定期購読していた。

何百年も先の未来、人類が滅亡の危機に瀕している地球で、トレンチコートの男性（彼に名はなかった）が不細工な犬（飼い主の男性から犬と呼ばれている）と共に旅をする物語である。台詞はほとんどない。男性のモノローグのみで、あとは不細工な犬がバウバウ吠えるだけだった。

十四歳の女の子が読むには、えらく渋めの内容だ。絵柄もである。精密極まりないのだ。描きこみ過ぎて、背景に主人公と犬が埋もれてもいた。だからなのか、『Ｓｈａｎｇｒｉ‐Ｌａ』は月刊誌での連載なのに、毎号二十ページだけ、他の漫画と比べて半分以下のページ数だった。連載一年目にして、ようやく単行本の第一巻が発売となった。

バンド・デシネというフランスの漫画に近い絵柄らしい。らしいとは美和に聞いたのだ。妹は日本の漫画だけでは飽き足りずに、海外の作品もよく読んでおり、その手のものは富山の本屋にもないため、アマゾンで買い漁っているのだ。妹によれば、『Ｓｈａｎｇｒｉ‐Ｌａ』はアラン・ムーアというアメコミの原作者からも、だいぶ影響を受けているのだという。

でもけっしてパクリや真似じゃないの。吸収しながらも、すべて自分のものにしているのが、このひとの凄いところなのよね。

妹が力説するのを、宏彦はおとなしく拝聴するしかなかった。海外の漫画はあまり読んでいないのだ。正直、苦手だ。どうしても読み辛いと思ってしまうのである。それでも『Ｓｈａｎｇｒｉ‐Ｌａ』は面白く読めた。ＢＢやメジャーズに載っている漫画とはちがい、さらさらと読み流せない。そのうえ一度読んだだけでは理解できず、何度か読み返さねばならない。それが面倒ではなく、読めば読むほど面白味がわかってくるのだ。

たぶん妹に薦められなければ、読まずにいた類いの漫画である。

「この漫画を描いてるイブキ先生がフェイスブックで、アシスタントを急募してるの。できれば富山県内のひとだって。明日明後日の二日間だけ入ればイイらしいんだけど、兄ちゃん、いかない？」

「俺が？」

「じつはね、兄ちゃんが某雑誌の新人賞の大賞を獲って、東京の漫画家さんのアシスタントをしてるって、メッセージを送ったら、ぜひにって返事をもらっちゃったんだよね」

「おまえ、なに勝手なことしてんだよ」

「兄ちゃんのためを思ってだってば。いまのうちに、いろんな漫画家さんの仕事場を見て、勉強しておいたほうがよくない？」

「だけど」宏彦は美和のむかいに座り、『Ｓｈａｎｇｒｉ-Ｌａ』第一巻を手にとると、パラパラパラと捲る。「とてもじゃないが、俺、こんな絵、描けないぞ」

「あたしもそれ、心配だったからさ、イブキさんに訊ねたのね。そしたら鉛筆の下描きをなぞるだけなんで、平気だって」

「いや、だからって」

「兄ちゃんならできる。あたしが保証する」

おまえに保証されてもな。

しかし美和は本気だ。兄のためを思ってというのも嘘ではないだろう。

宏彦はまだ手元にある『Shangri-La』第一巻の真ん中あたりを広げ、じっと見つめた。これだけの絵を描けるのはどんな人物なのか、大いに興味深い。描いているところを間近に見てみたい気持ちが湧いてきた。こんなチャンス、そうはないだろう。

兄思いの妹の気持ちにも応えてあげたい。

「明日は午前中、富山でひとと会うから、そのあと昼の三時からだったらいい。明後日は丸一日、オッケーだ」

「よかった。それじゃ返事しとくね。カップ麺、そろそろ食べないと伸びちゃうよ」

そう言ってから美和はスマートフォンの画面を素早くタップする。宏彦の倍は早い。両親の十倍以上だ。そのあいだ、宏彦はカップ麺を啜る。これを食べおわったら、改稿のネームを読み直し、より完璧なものに仕上げねばならない。

「早っ」美和が声をあげた。「イブキ先生からの返事、きたよ。明日の三時、自宅にきてくれって。住所と電話番号が書いてある。兄ちゃんの連絡先も知りたいって。スマホの番号、教えちゃっていい？」

「いいけど」カップ麺の麺はほとんどなくなった。「イブキ先生、あの町のどのへんに住んでるんだ？」

「最寄り駅から市電に乗って、途中でバスに乗り換えて、轟ヶ丘《とどろきがおか》団地前っていうバス停で降りて、そこから歩いて十分だって」

「えらく遠いなぁ」まるで地の果てにでもいくようだ。同じ県内なのに下井草よりも遠く思えてしまう。「いきはまだしも、帰りはバスとかあるのかな。俺は泊まってもいいんだが」

「そのへんも訊いとくね」

ふたたび美和は見事なタップさばきを披露してみせる。そのあいだ宏彦がカップ麺のつゆを飲み干す。

「バスの最終が八時なんで、それまでには帰ってもらうって。明後日は朝九時から丸一日お願いしたいそうよ。あと、お金はいくら払えばいいか、訊いてきたけど」

「俺から言うことじゃないぜ」

「アシスタントをお願いするのは、今回がはじめてで、相場がわからないって書いてある」

穴守の仕事場は二泊三日で三万五千円だ。時間にすれば三十五時間、実働は二十八時間程度である。時給にすれば千二百五十円といったところか。明日が五時間、明後日は十一時間、実働がどれくらいになるかわからない。

「二日っていうか一日半で、一万五千円ってとこで交渉してみてくれ。交通費別な」

そう答え、宏彦が食べおえたカップ麺を片付けていると、美和のスマートフォンにイブキからの返事が届いた。

「そんなに安くていいのかって」

「とりあえずはいいよ」

「それと」

「なんだ」

「できたらでいいんだけど」美和は『Shangri-La』第一巻をとんとんと指で叩く。「これにイブキ先生のサイン、もらってきてくんない？」

それが目当てだったんだな。

でも指摘せずに宏彦は頷いた。妹の言うことはゼッタイなのだ。

「豊泉くぅん」

自分の名前を呼ばれ、宏彦はどきりとした。声のするほうに目をむけた。伊勢崎だ。

スターバックスのテラス席で、椅子から立ちあがり、両手を振っていた。まわりの客ばかりか、公園を散策するひと達まで見ているのに、本人はまるで気にしていない。テンション、高っ。あのひと、ああいうことするキャラだっけ。

ともかく宏彦は小走りでスタバにむかう。

「思ったよりも早く着いちゃってね。七時には富山にいたのよ。仕方ないから漫画喫茶で二時間寝てきたわ」

テラス席に陣取る彼女は、長袖の白シャツにジーンズというシンプルないでたちだ。足元にはフルフェイスのヘルメットとどでかいボストンバッグが置いてある。夜中の三時に東京をでて、夜通しバイクを飛ばしてきたのだという。

「ほんとにバイクでいらしたんですね」

「近場ばっかうろついてるだけじゃ、あの子が可哀想だからね。たまにこうして遠出してやんないと」

あの子とはナナハンのことにちがいない。

「晴れててよかったよぉ。こっからの光景はマジいいよぉ。スタバの中で世界一の景観だっていうのは、嘘じゃないよねぇ」

宏彦も改めて周囲を見回す。言われてみれば、そうかもしれない。しかしもっと他に世界一がある気がしないでもない。環水公園自体、子供の頃から親に連れられて、何度もきているため、さほど珍しくはないからだろうか。

「ふだん、こういうとこでデートしてるわけ？」

「してません」

「なんでしないの。しなよ、デート」

したことはある。去年の秋だ。あれからまだ一年が経っていないなんて、信じられない。

だがいまは。

「する相手がいないんで」

「威張って言うこっちゃないわ」

「威張ってません」

伊勢崎は声を立てて笑った。やっぱり東京で会った彼女とはちがい、だいぶテンションが高い。解放されているといった感じだ。

「本来ならば、編集者である私が買ってきてあげるべきなんだけどさ」伊勢崎がスターバックス専用のプリペイドカードを差しだす。「ここの飲み物は名前が長くてややこしいんでね。このカードで、なんでも好きなもん、買ってきていいわ」

美和を連れてきてやりたかったな。

妹はスタバのフラペチーノが好きなのだ。しかし今日は学校だし、そもそも打ちあわせに連れてくるわけにはいかない。

「俺、アイスコーヒーでいいんですけど」

伊勢崎の前にもアイスコーヒーがあった。

「だったらこれ」つぎに伊勢崎が差しだしてきたのは、レシートだ。「おなじSサイズで百八円になるわ」

カードとレシートを受け取り、店内へむかおうとしたところだ。

「改稿したネーム、先ぃ渡してくれないかしら」

富山駅からここまでの途中、コンビニに寄って、コピーしてある。それをリュックサックからだし、伊勢崎に渡した。


アイスコーヒーを買って戻ってくると、伊勢崎は赤ペン片手にネームを読んでいた。さきほどまでのテンションはない。いつものクールな彼女だ。カードを返しても、黙って受け取るだけだった。

ポケットに突っ込んであったスマートフォンをテーブルに置き、椅子に腰かける。アイスコーヒーを一口飲んでみたものの、味はしなかった。全身から嫌な汗が滲みでてくる。目の前でネームを読まれるのは、やはり嫌なものだ。シュッ、シュッ。どこかのコマが赤ペンで×をつけられた。

やれやれ。

ある程度、直しが入るだろうと覚悟はしていた。しかし想像以上だ。さらに改稿をしなければならないのだろうか。そう考えると、いささか気が重くなる。宏彦自身、大賞を受賞したからと言って、そう易々とデビューできるとは思ってはいなかった。しかし延々とネームの直しばかりをやらされるのは勘弁願いたい。

ぼんやり待っているのもなにかと思い、リュックサックから改稿のネームをだす。生原稿というか原本だ。カップ麺を食べたあと、二階の自室に戻り、完成度をあげようとあちこち直しているうちに、空が白々としてきた。ベッドに横たわったときには五時だった。改めて読み直していると、ここをこうすればよかったとか、ここはもっとうまく描けたはずだとか、この台詞では意味が通じないのではとか、駄目な点ばかりが目につく。あと一日、いや、半日あれば、さらによくなったとさえ思う。

「いいかな」伊勢崎が話しかけてきた。

「あ、はい」

「よかった。前回よりもおもしろくなってる。一週間でよくここまでできたわ」

　褒めているのか。

「ページが減ったぶん、話が引き締まってるし。人物のキャラにメリハリがついているのもいいわね。主人公もより活き活きして、いっしょに走ってる気分になるくらいよ」

「あ、ありがとうございます」

　ほっとしたのも束の間だ。

「ただしね。いくつか検討してもらいたいところがあるの。いいかしら？」

　訊ねておきながら、伊勢崎は宏彦の答えを待ちもしなかった。

「一ページ目の一コマ目」

　いきなりかい。

　そう思いつつも宏彦は耳を傾け、手元にあるネームの余白にメモを取った。自分でこうしたほうがいいと思った点が、つぎつぎと指摘されていくので、宏彦は少なからず驚いた。

　俺の心を読み取ったんじゃね？

　そんなはずはない。でもそう思えてしまうくらいだったのだ。むろんその他にもあちこち直しを命じられ、最後のページに辿り着いたときには三時間近くが経っていた。じつはもっとかかるものと思い、だからこそイブキとの約束を午後三時にしていたのである。

「来週の火曜までにできる？」

五日後か。今日、明日は轟ヶ丘団地までいき、アシスタントをしなければならないし、ガソリンスタンドのバイトもある。だがやってできないことはない。

「できます」

「心強いわね。よろしく頼むわ。この調子でいけば来年の春にはデビューできるわよ」

来年の春？　だとしたら半年以上先ではないか。

声にこそださなかったものの、納得できない気持ちが顔にでてしまったらしい。

「ずいぶん先だなって思ってる？」

「いや、まあ」

「このネームを編集会議に提出して、オッケーもらえたとしてもよ。そっから原稿を最低でも三話分は描きためてってやってたら、来年の春だって間にあうか」

「編集会議でオッケーがもらえないってこともあり得るんですか」

「メジャーズは編集長を含めて、編集者が九人いるの。そのうち少なくとも過半数、つまりは五人の賛成がないことには、連載のゴーサインはでないわ。これは新人中堅ベテラン大御所を問わずよ」

「『チューボー刑事』や『エスパーヤンキー』もそうだったんですか」

「『チューボー刑事』はわりかし、すんなりいったかな。『エスパーヤンキー』はだいぶ時間かかったわ」

「どれくらいですか？」

「編集会議で五回ボツ食らって、六回目でどうにか賛成がギリギリ五人だったわ。そこまで漕ぎつけるのに、なんだかんだで実質一年八ヶ月、足掛け三年はかかったんじゃないかなぁ。正直、あんなにヒットするとは思ってなかったけど」

サバイバルだよ、サバイバル。勝ち抜く努力を怠ったら、生き残ってくことができないからな。

先週、平林が言った言葉だ。サバイバルは比喩でもなんでもないのだと宏彦は思う。

「というと伊勢崎さん、『エスパーヤンキー』の連載に反対だったんですか」

「まあね」伊勢崎は苦笑いに似た表情になる。

「いまでもなんでヒットしてるのか、よくわかんないんだ。話はまだしも絵が生理的に受け付けなくて。でもこれ、ここだけの話だからね。穴守さんとこで、しゃべっちゃ駄目だよ」そして自分の唇に人差し指をあてる。そんな子供っぽい仕草をする伊勢崎ははじめてだ。

「言いませんって」

そう答えながら、伊勢崎に親近感が湧いた。このひとが二十歳、いや、十五歳若ければよかったのにとも思う。すると白いシャツに透けるブラの線が、妙に艶かしく見え、慌てて視線をそらす。

そんな宏彦を批難するかのように、テーブルの上でスマートフォンが震えた。電話だ。相手を確認するのに画面を見る。

〈りりあん〉

「マジかよ」思わず口にだして言ってしまう。

元カノだ。ただしつきあっていたのは去年の秋、三週間足らずである。この環水公園でデートをしたのは、他ならぬ〈りりあん〉だった。

キスを何回か、それと胸に軽く触れた程度なので、カノジョと言えるかどうか。もちろん〈りりあん〉は本名ではない。こうして連絡があったのはひさしぶりだ。メールでもＬＩＮＥでもショートメッセージでもなかった。高校を卒業して以来、一度も会っていない。〈りりあん〉こと栗原《くりはら》理莉子《りりこ》は富山におらず、東京の大学に合格し、この春かららむこうで暮らしているはずなのだ。

「電話でしょ。いいわよ、でても」伊勢崎が促すように言う。

「いえ、いいんです」宏彦は電話を切ってしまった。

「高校んときの友達なんで、あとでかけ直します」

「大賞を獲ったって話は、友達にしたの？」

「家族とバイト先だけです」

ガソリンスタンドのオジサン達にはピンとこなかったらしい。いまのうちサインをもらっておこうかなと言われただけである。高校のときの友達にはだれにも報せていない。ここ最近、会う機会もないし、自分から連絡するのも自慢げで嫌だった。だいたい高校の頃の友達は、宏彦が漫画を描いていることさえ知らないのだ。

「わざわざ教えなくっても、受賞した記事が載ったメジャーズが昨日、発売になったわけだしね」

それはそうだが、気づくひとがいるだろうか。高校の頃の友達で、BBならまだしもメジャーズを読んでいるひとなど皆無だ。たとえ読んでいたとしても、新人賞の発表の記事を気にするひとがいるとは思えなかった。

「イイ時間ね」伊勢崎は自分のスマートフォンを見る。「お腹、減ったでしょ。前回、ぽしゃったから、焼肉、食べいく？　ただ私としては、ここまできたからには富山のおいしいものが食べたいところなんだけど」

「すみません、俺、ちょっといくとこがあって」

「デート？」

「さっき相手がいないって言ったじゃないですか」

「だったらなに？」

一瞬ためらったものの、宏彦は正直に言うことにした。

「こっちでも漫画家のアシスタントを頼まれまして、今日明日、そのひとんとこ、いくんです」

「なんて漫画家？」伊勢崎が身を乗りだしてくる。

「イブキカンタローっていう」

「ぜんぶ片仮名の？」

「ご存じですか」

「知ってるわよ。『Ｓｈａｎｇｒｉ‐Ｌａ』の第一巻、買ったし。あの漫画を読むためだけに『月刊クレシェント』を買ってるもの」

「妹もおんなじ意見です」

「妹さん、いくつ？」

「十四歳の中二です」

「それでイブキカンタローのファンって渋いわね」

宏彦もそう思う。それから妹を介して、イブキのアシスタントをすることになった過程を簡単に説明した。

「イブキさんの自宅が富山だったとはね。こっからどんくらいかかるのかしら」

「電車と市電とバスで二時間はかかります」

それもきちんと乗り継ぎができればの話だ。すると伊勢崎がスマートフォンの画面をタップしはじめた。

「バイクなら半分の時間でいけるよ。乗せてってあげよっか」

「伊勢崎さん、大変じゃありません？」

「私はまったく平気。走れば走るほど、あの子もよろこぶだろうし」

「でも俺のヘルメットは」

「午後はきみに富山を案内してもらう気で、持ってきてたのよ」

そう言って伊勢崎は足元のボストンバッグを、右足の爪先で軽く蹴った。

「穴守さんは離婚だなんだでバタバタしちゃってるからさ。だから担当編集者としては『チューボー刑事』のネタ探しをしなくちゃいけないわけ。こっちは鰤《ぶり》とかホタルイカとかオイシイものがたくさんあるでしょ」

「鰤は冬で、ホタルイカは春です」

「だったらいまが旬のものは？」

「白海老ですかね。あとバイ貝なんかもオイシイですけど」

「きみはどっちが描きやすい？」

「俺の都合で決めちゃっていいんですか」

「いいの、いいの。前にも言ったでしょ。きみが料理を描くようになってから、『チューボー刑事』の人気が上向きになったって。ブルーベリーパイもおいしそうだったもんねぇ。編集長と相談の結果、来月下旬の号は巻頭カラーにするの。その際にはアンケートの読者プレゼントは食べ物にして、より上位を狙うつもり。これもきみのおかげだよ」

なんにせよ、人様の役に立つのは悪くない。ただなんとなく釈然としないものがある。どうしても穴守の酔い潰れた姿が頭にちらつく。

伊勢崎の言うとおり〈離婚だなんだでバタバタ〉しているのかもしれない。だからって自分の作品をアシスタント任せにするのはいかがなものかと思ってしまう。先週などはペン入れどころか下描きまで平林にさせて、よくもまあ、自分の名前で発表できたものである。どういう神経をしているのだろう。そんな作品の人気があがっていくのが、宏彦には納得し難いのだ。

とは言え、アシスタントの仕事にはなんの不満もなかった。それどころか楽しいくらいだ。平林をはじめ、吉野や松屋はいっしょにいて愉快なひと達ではなかった。同い年でおなじクラスだったら、ぜったいに友達にならない部類である。にもかかわらず、ひとつの部屋でひとつの作品をつくっていくことに、宏彦は喜びを感じていた。他のひと達がどう思っているかはわからないにしろだ。

学ぶことも多い。とくに平林の仕事っぷりは、間近で見るだけで大いに刺激となった。描き方について、わからないことを質問すると、つねに即答で、しかも的確だった。

「白海老とバイ貝、どっち？」

なおも伊勢崎が訊ねてくる。答えなければ勘弁してくれない勢いだ。

「白海老は食材の段階でいっぱい描かなくちゃ、いけませんからね。それに料理をするとなると、天ぷらですよね。となると他の天ぷらとの差がだしづらくて難しいかなぁ。でもバイ貝はどう調理してもバイ貝ですからねぇ。絵的に変化がなくっておもしろいかどうかはちょっと」

「それじゃあさ。きみだったら富山の名産で、とりあげるとしたら、なにがいいと思う？」

いきなり言われても。

しかしこれもまた、答えねば許してくれそうにない。

「蒲鉾《かまぼこ》はどうですか」

「蒲鉾をつくるわけ？」

「俺、つくったことあるんです。小学四年か五年の社会科見学で、蒲鉾の工場にいったときにですけど。富山の蒲鉾って、よそのとちがって、板にくっついてなくてですね。昆布にすり身をつけて巻いた昆布巻き蒲鉾とか、鯛や鶴、富士山とかの絵を象《かたど》って、結婚式の引き出物にする細工蒲鉾とかがあるんです」

「工場っていけばすぐ見せてもらえるものなのかしら」

「そこまではちょっと」

「まあ、いいわ。ネットで検索してみる。今日が駄目でも一泊するんで明日でもいいし。それよりご飯いこっか。三十分くらいでちゃっちゃっと済ませれば、じゅうぶん間に合うよ」

スタバをでたあと、近場の回転寿司屋に入り、伊勢崎は回ってくる寿司をつぎつぎと食べていった。あたかも吸いこむがごとくである。そんな彼女につられ、宏彦も慌てて食べざるを得なかった。そして三十分足らずのうちに、ふたり合わせて五十皿を平らげたあと、富山駅近くのパーキングにむかった。そこに伊勢崎のナナハンが置いてあったのだ。

伊勢崎にしがみつき、日本海沿いを突っ走っているあいだ、宏彦は栗原理莉子について考えていた。べつのことを考えようとしても、彼女の顔が浮かんできてしまうのだ。

今更、俺になんの用だったのだろう。

やはり電話にでるべきだったかと、どうしても悔やんでしまう。留守録は入っていなかった。回転寿司を食べている最中、ＬＩＮＥやメールなども届いていない。

栗原は男子の人気が校内一まではいかずとも十本の指は確実で、コクって玉砕した男子を宏彦でも五人は知っていた。誰に対しても「いまは勉強に集中したいから」と断ったこともである。この言葉に嘘はない。可愛いだけでなく、勉強もできて、学年一位をつねにキープしていたほどだったのだ。

正直、宏彦には無縁の存在だった。可愛いとは思うものの、勉強がからきし駄目で、陸上部一本の宏彦には、ちがう世界の人間に思えたのである。なので三年生になり、はじめておなじクラスになっても、宏彦は栗原と会話をした覚えがほぼなかった。

そんな栗原に告白されたのは、去年の十一月、文化祭の最終日だった。三年生は受験のため有志のみだが、宏彦はスポーツ推薦で、金沢の大学への進学が決まっていた。そこで陸上部の演《だ》し物である人力車の車夫をするため、登校していたのだ。

おなじ県内の高校に人力車部という、珍しい部があった。後輩のひとりが、そこの部員と中学の頃の友達で、一台を貸してほしいと頼み、快く貸してもらったのである。客を乗せ、学校周辺を一キロばかり曳くのだ。

文化祭は三日間、その最終日の朝、栗原が人力車を乗りに訪れた。車夫は男女含めて十数人、指名制だ。その中で、栗原は宏彦を選んだのである。通常、人力車は二人乗りだ。しかし彼女はひとりで乗った。

そして校庭から表へでて、しばらくしてからだ。

豊泉くんって、大学、決まったんだよね。

ああ。

あたしもね。東京の大学の推薦入試に合格したの。

すげえじゃん。

そう答えながら、なぜそれを俺に言うんだと、宏彦は妙に思うだけだった。

それであたし、大学が決まったら、豊泉くんに言おうと思ってたことがあるの。

俺に？

いま言っていい？

どうぞ。

好きです。つきあってください。

「なんで？」伊勢崎はナナハンをバス停近くに停め、ヘルメットのシールドを開き、宏彦に訊ねてきた。「ここが轟ヶ丘団地？」

「そうですが」バス停には『轟ヶ丘団地前』と記されているのだから、疑いようがないというものだ。

「一戸建ての家ばっかりじゃない。どこにも団地らしきビルは見当たらないけど」

「ビルみたいな集合住宅じゃなくても、こういう新興住宅地も団地って言うんです」

「はじめて知ったよ。富山だけの呼び名？」

「さあ」十八年間、富山暮らしの宏彦には知る由もなかった。

新興住宅地とは言うものの、轟ヶ丘団地一帯の家々はいずれも年季が入っている。少なくとも宏彦が生まれるずっと前、築二十年以上は経ってそうだ。建売だったのか、カタチと大きさがほぼおなじだった。

碁盤の目のような舗装道路には人影がない。表札を確認するため、ナナハンでノロノロと走っていくが、これなら歩いて探したほうがよさそうだ。いっそ電話するという手もある。住所とともに電話番号も教えてもらっているのだ。

いずれにせよ、伊勢崎に言って、自分だけでも降ろしてもらおうとしたときだ。とある家の前に、ひとが立っていた。Tシャツに七分丈のパンツというういでたちで、あたりをきょろきょろ見回している。小柄なので、子供かと思いきや、近づくにつれ、髭面なのがわかった。

「あれって」伊勢崎も男に気づいたらしい。「イブキさんかな？」

さてどうだろう。

髭面の男はスマートフォンを取りだし、画面をタップする。その途端、宏彦の背中で震えるものがあった。リュックサックの中のスマートフォンだ。宏彦の電話番号も、妹を通して、イブキに伝えてある。

「すみません」ナナハンを停め、伊勢崎が声をかけると、髭面の男は身体を硬直させた。

「イブキさんですか。イブキカンタローさん？」

「ち、ちがいます」

ちがわない。ぜったいそうだ。表札に『伊吹《いぶき》』と記されている。フルフェイスでナナハンのバイクから声をかける身元不明の女性に、ビビっているのかもしれない。髭面の男は玄関のドアを開く。そんな彼を引き止めるように、宏彦は慌てて声をあげた。

「豊泉です。アシスタントにきました」

家に入りかけた髭面の彼が振りむいた。宏彦はバイクを降りて、ヘルメットを外し、イブキのほうへ駆け寄っていく。妹が宏彦の写真をイブキに送ってあるのだ。さらに宏彦は自分の電話番号も言う。髭面の彼は自分のスマートフォンの画面を見る。いまかけた番号をたしかめているのだろう。

「と、豊泉美和さんのお兄さんで間違いない？」

「間違いありません」

「今日明日で一万五千円交通費別の？」

どんな確認の仕方だ。

「そうです。イブキカンタローさんですよね」

「あ、うん。はい」イブキは頷いてはいるものの、宏彦の肩越しに伊勢崎を見ていた。

「バイク、ご自宅の前に置いてよろしいですか。すぐ帰りますので」

伊勢崎もヘルメットを外し、ナナハンから降りて間近にいる。

「あ、はい」返事をしてから、イブキは宏彦に視線を戻す。「あのオバサンはだれ？」

「いえ」オバサンはいくらなんでも失礼ではないか。しかしそれを自分が注意するのも妙に思え、宏彦は言葉に詰まってしまう。

「豊泉くんのお母さん？」

「やだ、イブキさん、ご冗談を」伊勢崎が宏彦の隣に立つ。横目で見ると、笑ってはいても、頰がヒクヒクと震えていた。「それにオバサンなんて呼ばれたのは、はじめてです」

「ま、まわりが気を遣っているからですよ、きっと。仲間に恵まれている証拠です。よかったですね」

イブキは真顔だ。冗談や皮肉ではない。本気で思ったことを、そのまま口にだしたのだ。だがそのほうがよりいっそう、伊勢崎を傷つけたにちがいない。その顔から笑みが消え、残るは頰のヒクヒクだけだった。そんな伊勢崎がおかしくて、危うく笑いだしてしまいそうになり、宏彦は必死にこらえた。

凄いな、こりゃ。

宏彦は圧倒された。

なにに？

イブキの原稿にである。単行本や雑誌で見るよりも迫力があり、しばらく見入ってしまったくらいだ。これを生で見ることができただけで、ここにきた価値があったと言えるだろう。妹に感謝するとともに、彼女にも見せてあげたいと思った。

「ど、どうかした？」斜め前に座るイブキが話しかけてきた。やけに心配そうにである。

「どっか変？　なにか間違ってる？」

「そんなことありません」

感動している場合ではなかった。自分がここになにをしにきたのか。仕事だ、アシスタントだ、今日と明日、背景を描いて一万五千円貰うのだ。

伊勢崎は家にはあがらず、玄関前でイブキに自分の名刺を渡すと、ナナハンに跨《また》がり、風のように去っていった。まさかオバサン扱いされたことに腹を立てたわけでもあるまい。

そのあとすぐイブキの案内で、二階の部屋に入ったばかりだ。きれいに片付いた六畳の和室で、真ん中にそこそこでかい座卓がどんと置いてある。その上に描きかけの原稿と鉛筆やペン、定規、消しゴムなどが几帳面に並べられている。イブキはその前に腰をおろしてから、斜め前を指差し、「そ、そっちに座布団あるよね。そ、そこがきみの席だから」と言った。宏彦は素直にその言葉に従った。つぎに十数枚、原稿を渡された。描きあがったぶんで、今回の話の流れを知ってほしいからとのことだった。

主人公の男が、殺人事件の犯人と間違われ、雪が降り積もる町中で、自警団を名乗る男達に追われている。ひとりきりなのは、前回、犬とはぐれてしまったのだ。町は煉瓦造りの建物と石畳の路地がつづく、ヨーロッパの市街のような景観だが、立ち入り禁止の爆破跡が点在していた。テロリストの襲撃が日常茶飯事という設定なのだ。

「それで十六ページで、あと四ページ、いや、三ページ半ってとこなんだ。今日、一ページおわらせて、残りは明日。ぼく一日多くても二ページなんでね。きみが手伝ってくれれば、半ページ分くらいは早まると思うんで」

「毎月二十ページだけですよね」

うっかり〈だけ〉をつけてしまう。しかしイブキは気にならなかったらしい。

「ネームに五日、下描きに十日、ペン入れに十日だからね。二十ページが精一杯なんだ」

ずいぶん悠長な話だ。『チューボー刑事』のように二泊三日実働二十八時間で、十八ページを描きあげてしまうのとはだいぶちがう。

「だ、大学にもいかなくちゃいけないし」

このひと、大学生なのか。

「夏休みなんで、もっと早めに仕上げるつもりだったのが、風邪を引いて一昨日まで一週間近く寝こんじゃってさ。担当のひとにページ数を減らしていいかって話したら、ただでさえ少ないページをさらに減らすことはできないって、叱られちゃったんだ。フェイスブックでアシスタントを募集したらどうかとも言われてね。ほんと、助かったよ。早速で申し訳ないけど」

イブキは原稿を一枚、差しだしてくる。町の広場で、主人公の男が自警団を名乗る男達に取り囲まれていた。そのうちのひとりが、なにやら叫ぶのだが、この町独特の言語で、主人公は理解できなかった。その場面が大小六つのコマで、展開されている。人物にはペンが入っており、背景も鉛筆でみっちり描いてあった。これをなぞるだけで心配はいらないと、妹経由に聞いている。しかし、それでも大変な作業だ。

「これ、使って」

イブキから渡されたのはインクを浸して描くGペンではなく、サインペンだった。

「Gペンじゃないんですか」

「昔はそうだったけど、いちいちインク壺にペンを入れるのが面倒くさくてさ。あ、あと、原稿にインクを垂らしちゃったこともあって」

「俺もあります」大賞受賞作を描いているときだ。まるまる一ページ、描き直さなくてはならないくらいの大惨事となった。

「だからいまはこれ。ドローイングペンって言うんだけど、ぼくは基本、いちばん細い0・03ミリので描いてる」

「スクリーントーンは」

「滅多に使わないなぁ。あんまり焦ってやることないよ。七時半にここをでれば、八時のバスには間にあうからさ。あと四時間で、そのページを仕上げてくれればじゅうぶん。音楽とか聴きたければ聴いてもいい。五十分描いたら、十分休みにするんで。喉が渇いたり、お腹減ったりしたら、遠慮なく言ってね。一階のリビングに飲み物やお菓子、カップ麺なんか準備してある。トイレはでてすぐ左側。えぇとあとぉ、なにか質問ある？」

「ありません」

「さっきも言ったとおり、アシスタントってはじめてきてもらうからさ、勝手がわかんなくて。いろいろ至らないかもしれないけれど、何卒よろしくお願いします」

「こちらこそお願いします」

イブキが深々とお辞儀をするので、宏彦も慌てて頭を下げた。

作業は淡々と進められていった。はじめの一コマを描きおえるのに二十分近くかかった。念のため、イブキに確認してもらったところだ。

「いいね。うん。これだけ丁寧に描いてくれれば言うことないよ。さすが美和さんのお兄さんだね」

美和の兄だからどうなのだと思わないでもない。それでもこの調子で描いていけばいいんだなと、安心することはできた。会ってまだ一時間足らずだが、イブキが嘘や世辞を言うひとでないのはたしかだというのもある。そうでなければ、ああもはっきりと伊勢崎にむかってオバサンとは言えまい。

身体を丸めたイブキの姿は、あたかも伝統工芸品をつくる職人のようだった。漫画の描き方が、平林とはまるでちがう。平林は一気にペンを走らせ、瞬く間に描きあげていく。しかしイブキのペンは全然走っていない。原稿の上をゆっくりゆっくりと蝸牛《かたつむり》のごとく這うように動いていくだけだった。そして時折、顔をあげると、息を整えているのか、大きく呼吸をすることがあった。

「だいじょうぶですか」心配になり訊ねるとだ。

「なにが?」

「なんかとても息苦しそうなんで」

「あ、ああ。これはね。描いているときに、根詰め過ぎちゃって、い、息をするのを忘れちゃうだけなんだ。気になる？」

「いえ」気になる。しかし息をするのを忘れるくらい、漫画に没頭できるひとに文句は言えなかった。

やがてどこからかアラームの音がした。イブキのスマートフォンだ。すると彼はアラームを止めてからペンを置き、すっくと立ちあがって、両膝を曲げたり伸ばしたりと、屈伸運動をはじめた。突然のことに、宏彦はぼんやりと彼を見あげることしかできなかった。

「豊泉くんもやりなよ」

「なにをですか」

「ストレッチだよ。漫画家は座り仕事でしょ。あんまり長く座りつづけていると、身体の代謝がおこなわれず、血液の流れも鈍くなるんだ。そうすると狭心症や脳梗塞、ことによると癌になるリスクも高くなるんだって。きみも漫画家を目指すんなら、ぜひやるべきだよ。ぼくを真似てやるといい」

たしかに強張った身体をほぐしたいところだ。宏彦は立ちあがり、イブキと共に屈伸をする。

「じゃあ、つぎに肩から二の腕のストレッチね。左腕をあげて、右手で左腕の肘を持って、そうそう、それで右に引っ張るの」

この他、肩周り、腰から背中にかけて、お尻、腿裏など、身体の各部位のストレッチをおこなっていった。一通りおえてからだ。

「豊泉くん、身体、柔らかいね。高校でなにかやってた？」

「陸上部です」隠してもしようがないので、正直に答えた。

「もしかして」イブキは宏彦の高校の名前を言い当てた。

「そうですけど」

「やっぱりそうか」

「俺のこと、どこで？」

高校の頃、インターハイや国体に出場し、上位の成績をおさめ、テレビや新聞で報じられたことがあるのだ。でもそれとはあまり関係がなかった。

「ぼく、鷭《ばん》高校の出身でさぁ。去年、きみの高校に人力車を貸すっていうんで、人力車部のOBとして文化祭んときですよね」

「それって文化祭んときですよね」

「う、うん。うちの部の人力車は組み立て式だから、バラバラの状態で運んで」

「ウチの高校で組み立てたんですよね。俺、それ、見てましたよ。たしか四、五人でいらして、二十分もかけずに完成させてすげぇなと思ったんですけど、あん中にいらしたんですか」

おなじ鶺高人力車部のOBではなく、OGのひとがいて、彼女の指揮の下、つくっていた覚えがある。

「そうそう。でもまあ、あのときはぼく、髭を生やしてなかったからね」

どうだろう。たとえいま、髭を生やしていなくても気づかなかったように思う。

「イブキさん、大学何年なんですか」

「二年だよ」

「『Shangri-La』の連載をはじめたのって」

「大学に入ってすぐ。高校一年で『月刊クレシェント』で新人賞を獲って、そのあと連載って話だったんだけど、大学受験があるし、編集部に二年近く待ってもらったの」

「デビューするまで、編集者とネームの打ちあわせはどうでした？」

「あんまりしなかったなぁ。ぼくの場合、新人賞を獲った作品が、雑誌に掲載されて、人気があったから連載って流れだったんだよね。だから編集者にはこのつづきを描くようにって、言われただけ」

「もしかして単行本の一話目が新人賞を獲ったヤツ？」

「少し手直ししたけどね。十五歳のときに描いたものだからさぁ、ほんとはぜんぶ描き直したかったんだよね。でもあんまり時間がなくて」

あれを十五歳で描いたのか。信じられない。

「イブキさんって、どこの大学なんです？」

イブキが答えたのは、県内の国立大だった。しかも工学部だという。めちゃくちゃ頭がいい。宏彦が百年かけて勉強しても無理だ。ぜったい入れない。

「なんで漫画、描いてるんですか」

宏彦は思わず訊ねる。漫画家などにならずとも、いくらでも就職口はあるはずだ。

「なんでって」イブキは目をぱちくりさせた。「漫画を描くのに、なんか理由がなくちゃ駄目なのかなぁ」

5

バイ貝の刺身、バイ貝の酒蒸し、バイ貝のトマト煮込み、バイ貝のエスカルゴ風、バイ貝の煮付け、バイ貝の炊き込みご飯。

さてどれからつくろうか。

宏彦は腕組みをして、首を傾げた。昨夜、自宅でバイ貝の料理をスマートフォンで検索し、ノートに書き写してきた。そのほうが見やすいし、料理をつくるときに便利だと思ったからだ。ノートは高校の数学のだ。まだ半分以上、残っていたのだ。

いま午後一時過ぎ、二時間後には伊勢崎と平林が訪れる予定となっていた。宏彦はいまどこにいるかと言えば、穴守の家のキッチンである。穴守がここで酔い潰れていたのは二週間近く前、前回、上京したときだ。

ただしいま、家主はいない。それどころか家の中は宏彦ひとりきりだった。アシスタントみんなで食事を摂る際、お茶やコーヒー、ときにはカップ麺を食べるのに、いちばん下っ端の宏彦がやかんでお湯を沸かすことが何度もあった。しかしこんなふうに料理をつくるのははじめてだ。

炊き込みご飯用のお米を研いでおかなきゃな。

米は研いでから一時間は水に浸けておいたほうがいいのだ。お米は下井草駅近くのスーパーで五百グラム分、購入してきた。

できれば土鍋でつくりたい。しかし俎板や鍋、包丁、お玉などの調理道具は目につく場所にあるものの、土鍋は見当たらない。米を研ぐのにボウルもいる。ざるも必要だ。

まずはそれらを探さなくちゃ駄目ってことか。


〈きみん家《ち》から魚津《うおづ》までどんくらいですか〉

伊勢崎からそんなＬＩＮＥが届いたのは、昨日の昼間だった。宏彦はガソリンスタンドでバイト中だった。とはいえ忙しく働いていたわけではない。土曜だったので、平日よりも訪れる車は多いが、それでもオジサン達とぼんやり待つ時間のほうが長かった。

〈魚津駅は最寄り駅の三つ先ですけど〉

〈海の駅蜃気楼《しんきろう》というところへ、いってもらいたいんですが、お願いできますか〉

〈かまいませんが、いってどうするんです？〉

〈明日の日曜に朝市があります。その模様を写真におさめてきてください。可能ならばバイ貝を買って、その日のうちに、穴守さんとこまで持ってきてもらえませんか。いつもの長距離バスではなく、新幹線できてください〉

〈それって『チューボー刑事』のためですか〉

〈ごめん、書き忘れていたね。そのとおりです。次回のネタです。ただし料理法はまだ決まっていません。できれば持ってくるついでに、バイ貝で何品か料理をつくってくれると、なお助かるのですが、いかがでしょう？　ネームも早くできて、翌日から原稿の作画にかかれます。うまくいけば明日そのまま泊まって、明後日からアシスタントに入って、いつもどおり二泊三日で原稿を仕上げて水曜に帰ることができます。お願いできますか〉

伊勢崎のＬＩＮＥは平静を装いながらも、切羽詰まった気持ちが滲みでているのを、宏彦は感じ取った。もしかしたら穴守の身に、またなにかあったとも考えられる。連載用のネームの改稿はまだ三分の一もできていない。しかしひとまず後回しにしたほうがよさそうだ。

なんにせよ、ここは伊勢崎のために一肌脱ごうと、宏彦は決めた。そうしないことには男が廃る気がしたのだ。

〈わかりました。海の駅蜃気楼の朝市を撮影して、バイ貝を買って、新幹線で東京にむかって、穴守先生の自宅で何品か料理すればいいんですね？〉

〈引き受けてくれるのね。ありがとう。もちろん交通費およびバイ貝のお金はこちらで払います。買ったときは必ず領収書をもらってください〉

黒部市にはふたつの駅がある。富山地方鉄道本線の電鉄黒部駅と、あいの風とやま鉄道の黒部駅だ。どちらからでも魚津駅へいくことはできる。宏彦の家は電鉄黒部駅のほうが近い。そこで朝五時半に起床（さすがに朝のランニングを諦めた）、着替えや筆記道具を詰めこんだリュックサックを背負い、父から借りたクーラーボックスを肩に下げ、富山地鉄本線で魚津へむかった。高校の頃は陸上部の朝練で、このくらいの時間に自宅をでていたのが、なんだか遠い昔のことのようだ。

金沢の大学へのスポーツ推薦が本決まりになったのが、ちょうど去年のいま頃である。まさかその一年後、漫画で賞を獲り、デビューを目指しながら、東京に住む漫画家のアシスタントをしているなんて。人生なにが起きるかわからない。

魚津駅には電車で十分とかからないが、そこから海の駅蜃気楼まで二十分近く歩かねばならず、着いたのはちょうど朝市が開く六時半だった。

中学の頃までは家族みんなで、父の車に乗って月に一度は訪れていた。そもそもがドライブインで、魚津港で水揚げされたばかりの魚を販売するコーナーやレストラン、お土産屋さんなどがある。

ただし第二第四日曜に朝市がおこなわれているのは、伊勢崎からのＬＩＮＥで知った。駐車場はすでに満車に近い状態で、思った以上の盛況ぶりだった。鮮魚ばかりか干物に昆布や蒲鉾、地産野菜などがところ狭しと並んでいる。五平餅や甘栗、たこ焼きといった屋台もでており、祭りのように活気づいている。店のひとも客も、みんな楽しそうだ。とても朝七時前とは思えない。

なにはともあれ、伊勢崎から命じられたミッションを敢行することにした。スマートフォンであちこち写真におさめていく。時折、動画も撮った。なにがどう作画の資料になるのかわからないので、手当たり次第である。念のため撮った端から伊勢崎にＬＩＮＥで送っておいた。

つぎにバイ貝を五十個ほど買い求めた。こんなにたくさんどうするっちゃ？　と店のオバチャンに冷やかされ、宏彦はなんと答えたらいいものか、しどろもどろになってしまう。それでも領収書は忘れずにもらうことはできた。クーラーボックスに入れると、なかなかの重さだった。

朝市定食なるものがあって、焼き魚と蟹のみそ汁とご飯の三点セットで、六百円とお得なのだが、長い列ができており、宏彦は諦めた。あまりゆっくりもしていられないのだ。ひとまず屋台のたこ焼きで腹をみたし、八時前には魚津駅にむかった。富山駅まででて、九時過ぎの北陸新幹線に乗りこみ、ウトウトして気づいたら東京駅に着いていた。長距離バスならば六時間かかるところを三分の一で済んだことになる。さすが新幹線だと感心せずにはいられない。

東京駅からは山手線で高田馬場駅までいき、そこで西武新宿線に乗り換えた。検索するといくつかルートがあったものの、多少時間はかかっても、乗り換えが一度だけのこれにしたのである。

どこも沼とか野とか鷺とか草とか、東京らしくない駅名だと莫迦にしながらも、西武新宿線に乗ると、やけに落ち着くことができた。窓から見える光景が、立ち並ぶビルから、次第に住宅街になっていくのもいい。穴守の仕事場で働くようになってから上京するのは八回目、なのに下井草駅に降り立つと、妙な話だが、戻ってきたという心持ちになった。

いつもどおりモスバーガーに入った。ちょうど昼時だったのだ。腹ごしらえをしてから、スーパーに立ち寄り、バイ貝以外に必要な食材を買い求めた。大荷物になり、運ぶのに苦労しつつ、昼の一時過ぎには穴守の家に到着した。郵便受けをのぞくと鍵があった。伊勢崎に教えてもらったのだ。

鍋のお湯が沸騰してきた。火を消して、鍋の把っ手を持ち、流し台まで持っていき、そこに置いたざるにバイ貝をあけた。ぜんぶで十個ほどだ。蛇口から水をだし、汚れを落とす。鍋を軽く洗い、バイ貝を戻し、水、酒、醬油、みりんを入れて、ふたたび火にかける。沸騰したら十五分程度、弱火にかければ煮付けの完成だ。

「さてつぎは、と」

土鍋はシンク下の収納の奥にあった。ボウルやざるもある。米は研いで、水に浸けてあるが、まだ十分も経っていない。

宏彦は数学のノートを捲る。つぎはトマト煮込みをつくるか。これもバイ貝を一、二分茹でてからざるにあけると書いてあった。ならば煮付けのと、いっぺんに茹でればよかったが、いまさら悔やんでも仕方がない。

クーラーボックスからバイ貝を十個だして、別の鍋に入れていく。そして煮付けの鍋の隣のコンロに載せて点火する。煮付けのほうは沸騰間近だ。食卓にあるスマートフォンを手に取り、そちらの鍋にむけた。フツフツと泡が大きくなっていく様を動画で撮影する。

「沸騰したら弱火にしまぁす」

口で言いながら、コンロのつまみをひねる。

なにやってんだろ、俺。

『チューボー刑事』のネタづくりであり、作画資料のために料理をつくっているのは重々承知だ。こうして料理をつくるのが嫌だとは思わない。不服でもない。アシスタントとしての役目だと考えればじゅうぶん納得できる。やがて自分の漫画に活かされるときがくることもあるだろう。つまりは漫画家としての勉強をさせてもらっているわけだ。これこそ下積みと言っていい。

でもなぁ。

スマートフォンを食卓に置き、煮立ってきたトマト煮込み用のバイ貝をさきほどとおなじく、ざるにあけて水で洗う。そのあいだ、脳裏に浮かぶのは『Ｓｈａｎｇｒｉ－Ｌａ』の原稿だった。

一日半のアシスタントで、宏彦が描いた背景は、二ページにも満たなかったにもかかわらずだ。

大いに助かったよ。きみのおかげで〆切に間にあわせることができた。ほんとにありがとう。

そしてイブキは宏彦の右手を両手で握りしめた。いくらなんでも大袈裟過ぎる。皮肉や嫌味でもなかった。本心しか口にできないイブキに、そんな芸当ができるはずがないのだ。そのうえだ。

いつかまた頼みたいんだけど、ど、どうかな。

こちらこそお願いします。

ほ、ほんとに？　はは。うれしいなぁ。

アシスタント代は帰り際、現金で貰った。富山銀行の封筒に入ったその中身を帰りのバスの中で覗くと、二万五千円も入っていた。

黒部の自宅からイブキの住む轟ヶ丘団地まで電車に市電、バスと乗り換えるので、片道千五百円ちょっとかかる。ただし一日目は伊勢崎にバイクで送ってもらったのだから、ぜんぶで四千五百なんぼだ。妹を通して要求した額よりも五千円以上多い。二ページ足らずしか手伝えなかったのに貰い過ぎである。正直、一万五千円は高いと思っていた。しかし多いから返しますというのも変だろう。次回、もっと頑張ればいいと宏彦は自らに言い聞かせ、多いぶんの五千円は、翌日、妹に仲介手数料として手渡した。

こんなに貰っていいの？

親父やおふくろにはナイショだぞ。

宏彦が声をひそめて言うと、美和はそそくさとポケットにしまった。イブキは妹のところにもお礼のメッセージを送ってきたという。

兄ちゃんのこと、べた褒めだったよ。あれだけの力量があれば、いつデビューをしてもおかしくないだって。

イブキは本気でそう思っているのだろう。それでも宏彦は心からよろこべなかった。

イブキの漫画家としての実力と技量をまざまざと見せつけられたからに他ならない。これでイブキがずっと年上であれば諦めもつく。実際、会うまでは若くても三十歳くらいと思っていたのだ。だが彼は宏彦よりも一つ年上なだけだった。

いったいどうすれば、どことも知れぬ世界をあそこまでリアルかつ緻密に描けるのか、まるで見当がつかなかった。謎としかいいようがない。

絵だけではなく、物語の流れもだった。伏線がきちんと張られ、登場人物の出し入れもウマい。主人公のモノローグは渋くてかっこよく、それでいてユーモアに溢れていた。連れて歩く犬も、不細工でうるさく吠えるばかりだが、ここぞというときには主人公の役に立つのもいい。

今回、自警団に追い詰められ、抵抗を試みたものの、連れ去られていったその現場に、行方不明だった犬がひょっこり現れ、周囲の匂いを嗅いでいる場面でおわっていた。次回はこの犬が主人公を救うにちがいない。はたしてどんな展開になるのか、イブキから訊きだしたいのを宏彦はぐっと堪えた。

ここ数日、イブキに対する嫉妬と羨望、そして憧れが綯《な》い交《ま》ぜとなった心持ちに苛《さいな》まれていた。おかげで連載用のネームの改稿が遅々として進まない。イブキの漫画に比べたら、自分の描いているものなど、稚拙で、ほんの子供騙しとしか思えてならないのだ。

漫画を描くのに、なんか理由がなくちゃ駄目なのかなぁ。

イブキが不思議そうに言ったのを思いだす。そうだ、なにか理由があって漫画を描く必要はないのだ。漫画を描きたいから漫画を描く。

俺はどうなんだ。大賞受賞作はそうだった。しかし連載用のネームは自分が描きたい漫画なのだろうか。

宏彦はニンニクと玉葱をみじん切りにしていく。フライパンをコンロに載せ、点火してオリーブオイルを垂らす。そこへまずはニンニク、香りが立ってきたら玉葱も投入、へらでなじませる。そして主役のバイ貝を十個、しばらく炒めたあと、お酒をお玉一杯分、アルコールを飛ばしたら、トマト缶を丸々一缶、注ぎ入れ、弱火で煮込めばできあがりだ。

この三ヶ月、料理の手際ばかりが上達してしまった。自宅では『チューボー刑事』の料理以外にも、母に頼まれ、夕食をつくるのも珍しくない。そのときは妹の美和が手伝ってくれた。いっそ調理師免許を取得したらどうだと父が勧めてくることもある。

そのためだったら、金をだしてやってもいいぞ。調理師免許に限らず、なにか資格を取っておいたらどうだ？　漫画を描きながらでも、それくらいできるだろ？

冗談めかした発言だ。でも父の目は笑っていなかった。あれは本気の証拠だ。大賞のお祝いに、焼肉へ連れてってはくれた。おまえの人生だ、おまえの好きにすればいいと事あるごとに口にする。しかし漫画家になることを快く思っていないのは、醸しだす雰囲気でなんとなくわかった。母もだ。

漫画家がいけないのではなく、安定した収入を得るのが難しい職業だからだろう。そんなのはわかっている。実際の漫画家と接しているのだから、ある意味、父よりもだ。

「あぁあぁあぁあっと」

嘆声に近い声が洩れていく。スポーツ推薦で、金沢の大学へ進んでいたらと思わないでもない。しかしそうなっていたとしても、やはりべつの悩みを抱えていただろうか。

やめよう。あれこれ考えたところで、結論がでる話ではないのだ。いまはバイ貝の料理をつくることに専念しよう。

そう思い、炊き込みご飯の具材を準備しようとしたときだ。廊下とキッチンの境に、ひとが立っていた。あまりの驚きに声をあげそうになる。

穴守大地だ。

首まわりがだらんと伸びた、グレーの長袖Tシャツに、パイナップル柄の七分丈パンツというでたちで、無精髭を撫でながら、宏彦を見ている。

「センセー、いらしたんですか」

　ここは穴守の家だ。いてもおかしくはない。しかし伊勢崎に命じられた段階で、てっきり留守だとばかり思っていた。

「二階で寝てたんだ」あくび混じりに穴守が答える。「どうやってウチに入ってきたわけ？」

「郵便受けに鍵があるって、伊勢崎さんに教えてもらいまして」

「ああ。彼女、あそこにあるの、覚えてたんだ。それできみ、ひとん家のキッチンでなにしてるの？」

「りょ、料理です」

「そりゃ見ればわかるけどさ」穴守は苦笑に似た表情を浮かべ、キッチンに入ってきた。コンロの前に立ち、鍋とフライパンの中身を交互に覗きこむ。「どっちも貝だけど、なに貝？」

「バイ貝です。次回の『チューボー刑事』のネタです」

「そうなんだぁ」

　知らないのかよ。

「伊勢崎さんに言われて、今朝、魚津の朝市で買ってきました」

「今朝？」穴守は顔を宏彦にむける。「そいつはわざわざご苦労様だな。大変だったんじゃない？」

「いえ、そんなことは。地元に近いんで」

「黒部だっけ？」

「ああ、そうです」

「伊勢崎さんから聞いてるよ。アシスタントに入るために毎回、長距離バスで通ってるって」

「今日は新幹線できました」

「名前なんていうんだっけ。豊橋くん？」

「豊泉です」

「そうだ、そうだ。新人賞で大賞獲ったんだよねぇ。おめでとう」

「ありがとうございます」

「賞金は貰った？」

「いえ、まだ」

伊勢崎には富山銀行の口座を教えてあり、振り込まれるのは来月の十日だ。まだひと月ほど先である。

「いくらだっけ、いま？」

「百万円です」

「そんなに貰えるのか。三十年前、俺がBBで大賞を獲ったときは三十万円だったぜ。百万貰ったらどうする？」

「どうするって」

まずは妹の美和に、なんでも欲しいものを買ってあげるつもりだ。大学への推薦が取り消しになってから、すべてやる気を失った宏彦に、漫画を描くように勧めたのは美和なのだ。

「将来のために貯金しときます」

「堅実だねぇ。俺なんか三十万円ぜんぶ、車の頭金にしちゃってさぁ。ポルシェだぜ、ポルシェ。それも真っ赤のな。とうの昔に売り払っちゃったけどな」

車は欲しいと思う。だが運転免許がまだだ。十一月末が誕生日で、十八歳になったとき、すぐに免許をとるつもりだった。しかしまさに、すべてやる気を失っていた頃だったため、さらにそのあと、漫画を描くのに没頭していたこともあり、教習所へいきそびれてしまった。それこそ賞金でいくのもありかもしれない。

「どっちか食べられるかな」穴守が言った。バイ貝の料理のことだ。

「あ、はい。どちらでも」鍋とフライパン、いずれもいい感じに仕上がっている。宏彦は火を上めた。

「三個ずつくれない？」

「あ、はい」

宏彦が食器棚から皿を二枚だし、それぞれに煮付けとトマト煮込みを三個ずつ載せていく。そのあいだに、穴守は冷蔵庫の扉を開け、缶ビールを手にして、食卓の椅子に着いた。先日、酔い潰れていた席である。早速、缶ビールの蓋を開け、ごくごくと喉を鳴らしながら呑んでいった。

このひと酔っぱらっちゃあ、まずいんじゃないかな。

そう思いつつ、宏彦は彼の前にバイ貝を載せた皿を二枚だす。爪楊枝もだ。

「豊泉くんもビール呑めば？　冷蔵庫にまだあるよ」

穴守が勧めてきた。その顔にはすでに赤みが射している。

「まだ未成年なんで」

「いくつ？」

「十八です」

「若いねえ。ぼくがＢＢでデビューした歳だ。でもその頃には俺、がんがん酒呑んでたよ。新人賞の受賞パーティーんときなんかへべれけに酔っ払っちゃってさぁ。宿泊先のホテルまで、おんぶしてもらってったよ。はは」

　穴守はバイ貝の身を爪楊枝で刺す。煮付けのほうだ。貝を巻き方の逆方向に回転させ、難なく身をぜんぶ取りだし、口に入れる。じつに慣れた手つきだ。

「こりゃうまい。うん。身がコリコリして歯ごたえがあるのがいいね。磯の香りが口ん中に広がっていくのもたまらんな。はは。駄目だな」

「なにが駄目でした？」

「いやいや、料理が駄目って言うんじゃない。いまのコメントがだよ。ありきたりでつまらない。漫画だったらネームの段階で、もっとうまい台詞を考えろって、伊勢崎さんに叱られて、ボツを食らうよ」

　なるほど、たしかにそうかもしれない。

「伊勢崎さんがきみのこと、褒めてたぜ。いまどき泥臭いが骨のある漫画を描くって。そうそう、きみには礼を言っとかなくちゃいけないんだった。きみが料理の絵を描くようになってから、『チューボー刑事』の人気があがったって言うじゃないか」

「お、お役に立ててなによりです」他になんと言えばいいのだ。

「俺が描く料理よりウマそうだもんなぁ。ゴーヤチャンプルーなんて具材の配分が絶妙で、よく描けてたよ。パースをわざと狂わせて、迫ってくる感じがまたいいんだよなあ」

「前回のブルーベリーパイだってさぁ、オーブンからだした途端、もわっとした湯気を立たせてたじゃん。焼きあがってすぐだからって、あんなに湯気が立つはずないのにさ。あれ、わざとだよね。ああしたほうができたてで、ウマそうに見えるもん」

「あれは平林さんにそうしたほうがいいって、言われたんです」

「さすがヒラリン。きみにもヒラリンにも、大いに感謝しているよ。頭が下がる。嘘じゃない。ほんと、ありがとな」

穴守は実際に頭を下げただけでなく、両手をあわせて、宏彦を拝んだ。その仕草自体が嘘臭い。しかもそのあとすぐ、缶ビールに口をつけ、ごくごくと喉を鳴らした。少なくとも感謝の気持ちが、宏彦にはいまいち伝わってこない。

「ありがとうございます」

「『チューボー刑事』はさぁ、今年に入ってから打ち切りの候補にあがってるって、伊勢崎さんに脅されていたんだよねぇ。いやあ、首の皮一枚繋がったっていうか、マジで九死に一生を得たよぉ。離婚したうえに『チューボー刑事』の連載まで打ち切られちゃあ、たまったもんじゃないからねぇ」

「離婚なさったんですか」

思わず口にしてしまった。

「まあね。おかげでこのウチ、ローンがまだ残っているっていうのに、売ることになりそうなんだよねぇ。なんかもう、いろいろ面倒でやんなっちゃうよ。はは」

話をしているあいだ、穴守はバイ貝を六個、きれいに平らげた。そして缶ビールを呑み干し、大きなゲップをひとつしてからだ。

「きみ、伊勢崎さんの担当で、新連載のネーム、やってんだよね」

「あ、はい」

「どこまで進んでる？」

「いま二度目の改稿をやってます」

「その漫画、面白い？　連載は取れそう？」

「まだちょっとわかりません」

「きみは漫画家になりたいんだろ？」

「一応は」

「一応かよぉ」と穴守先生は渋い表情になった。だが機嫌を損ねたわけではないようだった。「きみの漫画が載れば、他の漫画がおわることになる。もしかしたら、それが『チューボー刑事』かもしれないわけだ。わかる？」

穴守が宏彦を真正面から見据えた。口元はにやついているのに、目が据わっている。不気味なこと、このうえない。

「だから一応だなんて、生半可な気持ちでやってちゃ駄目だ。みんな必死なんだからさぁ。いい？」

「は、はい」

「わかればよろしい」と言ってからだ。穴守は腰をあげた。「それじゃ、俺、でかけるんで」

「でかけるってどこへです？」

「どこいこうかなぁ」

ふざけているとしか思えない言い種《ぐさ》だ。そのくせ、えらく憂いに満ちた表情になっていた。

「三時に伊勢崎さんと平林さんがいらっしゃいます」

「だったら、いまのうちでてったほうがいいな」

いや、だからさ。

「ネーム、やらなくていいんですか」

そそくさとキッチンをでていこうとする穴守を、呼び止めるように宏彦は言った。

「いいんだよ、もう。俺がいたら却って邪魔なだけなんだよね。ネームはいつまで経ってもできないし、原稿は〆切間際にならなきゃ描かないし、俺より上手に料理が描けるアシスタントはいるし。いないほうがマシってわけ」

「いまさっき、みんな必死だって言ったのは、どこのだれですか」

声を荒らげないまでも、ずいぶんと強い口調になっている自分に宏彦は気づいた。しかし穴守は少しも悪怯《わるび》れることなくこう言った。

「ここにいる俺だよ。俺だって必死さ。必死でもできないことがあるんだ。しょうがないだろ」

開き直られても困る。こんな駄目な大人ははじめてだ。ガソリンスタンドのオジサン達のほうがずっとマシである。少なくともひとを働かせて、とんずらはしない。

「うまかったよ、バイ貝。きみの料理の絵、大いに期待しているからね。あ、それとひとつ。お願いがあるんだけど」

「なんですか」このうえどんなお願いがあるというのだ。

「俺がいたってこと、伊勢崎さんやヒラリンくんにはナイショだぜ。もちろん吉野と松屋にも。きまり悪いからさ。男と男の約束だよ。じゃあね」

「美味よ、美味」バイ貝の炊き込みご飯を一口食べるなり、伊勢崎が言った。「ねぇ、ヒラリンさん。おいしいわよね」

「ウマいです」平林は口をモグモグ動かし、宏彦に顔をむける。「バイ貝は嚙めば嚙むほど旨味が増していく感じがたまらんね。ショウガが利いてるとこもいい。ただ」

「ただ、なんですか」と宏彦。

「見た目は地味だよなぁ」土鍋を覗きこみ、平林が惜しそうに言う。「漫画で描いたときのインパクトがないよね。他の炊き込みご飯との違いっていうのが、はっきりしないし」

「でも煮付けとか酒蒸しとかトマト煮込みとか、結局は鍋やフライパンに、他の素材を入れて、貝殻ごと火にかけるだけよね？」

伊勢崎が言った。

「それはそれで絵的に単調じゃない？　炊き込みご飯のバイ貝って身だけだけど、これって殻からだしたわけよね、豊泉くん」

「刺身といっしょで、殻を包丁の背で割って、身を取りだしました」

「そのへんを丹念に描けば、見栄えがいいし、単調にもならないって。描けるでしょ、豊泉くん」

「はい」と宏彦は思わず答えてしまう。伊勢崎の勢いに飲まれてしまったのだ。

「じつはさ」伊勢崎は空になった茶碗に、土鍋から炊き込みご飯をよそう。「来月、下旬の号で、『チューボー刑事』の巻頭カラーが決まったの」

「よかったじゃないですか」と平林。「いつ以来だろ」

「ドラマ化したとき以来だからちょうど三年前」

「そっか。俺がここに出戻ってきた直後でしたもんね。あれから三年も経つのかぁ」

平林が感慨深げに言った。宏彦は彼がごくふつうに〈出戻ってきた〉と口にしたことに、ちょっと驚く。

「それでね。先週のなかば、豊泉くんとのネームの打ちあわせのために、富山までバイクでいって、一泊して主に港をあちこちまわってきたんだけどさ。富山湾は天然の生け簀《す》っていわれるくらい、魚が豊富なんだよねぇ。だからここはひとつ、富山で勝負にでようと思うんだ」

富山で勝負？

「巻頭カラーまでの三回、富山を舞台に、富山のオイシイものをつぎつぎ紹介して、人気アンケートのさらに上位を狙うのよ。いま五位のところを巻頭カラーの回ではベスト3に入りたいの」

それはまた、富山には荷が重い話だと宏彦は思う。なお言えば、これでベスト3に入らずに順位を下げようものなら、富山のせいにされてしまうのではないか。

「駅弁の鱒寿司って富山だよな」

平林が宏彦に訊ねてきた。

「郷土料理です。鱒寿司の店があるくらいなんで」

「他にオイシイものってなんだ?」

「代表的なのは鰤や蟹になります。富山湾特有となると白海老とかホタルイカですかね」

「蟹、いいねぇ。そっか、蟹か。それじゃなに、きみん家なんか、冬になると毎日、蟹鍋なわけ?」

「そんなことありません。正月に食べるかどうかってぐらいです」

「豊泉くんが言ってた蒲鉾工場にもいってきたわ。実際、蒲鉾もつくらせてもらってね」

「去年の春、チューボー刑事が結婚詐欺師を捕まえに小田原にでむいて、蒲鉾と竹輪をつくってますよ。単行本だとたしか十巻だか十一巻です」

「富山の蒲鉾は板にくっついてなくてね。昆布と巻いてあったり、色鮮やかなキャラだったりするの。私は鯛をつくってきたわ」

　つくったといっても、一からではない。鯛の形をした白い蒲鉾に、色とりどりの柔らかい蒲鉾の素が入った絞り袋で、ケーキみたいにデコレーションをしていくだけのはずだ。これを蒸して完成する。宏彦は小学校の社会科見学で経験していた。細工蒲鉾は年中、目にもする。ただし平林はいまいちピンとこないらしく、首を捻っていた。

「写真を見てもらったほうがいいか」

　伊勢崎はスマートフォンをだして、画面を幾度かタップしてから平林にむける。宏彦も脇から覗きこみ、ぎょっとした。その色遣いが独特だったのだ。こういうのをサイケデリックというのかもしれない。しかもデコレーションした蒲鉾がはみだして、鯛の形を成していなかったのである。

「これ、鯛ですか」平林が当然の質問をする。

「鯛以外なにに見える？」と伊勢崎。

　地球外生命体というかエイリアンというか、その類いにしか見えない。しかし宏彦は口にださずにおいた。漫画雑誌の編集者だからと言って、絵が得意なわけではないらしい。伊勢崎は自作の他にも、細工蒲鉾の写真を撮影していた。結婚式の引き出物用の鯛に鶴、亀、宝船などをはじめ、スイカや苺、バナナ、チューリップ、蛸、蟹、キリンやパンダ、コアラ、豚、象、さらには北陸新幹線まであった。

「いろいろあっておもしろいですけどね」平林はスマートフォンを見つつ、難色を示す。「漫画にしたとき、蒲鉾だって、わからせるのは難しいなぁ」

「描けるでしょ、豊泉くん」

「はい」ふたたび伊勢崎の勢いに負け、返事をしてしまう。

「なんにせよ料理のネタに事欠かないっていうのは、わかりました。三回分、富山で勝負するのもいいと思います。だとしてチューボー刑事は富山になにしにいくんですか」

「ひさしぶりに休暇がとれて、兼ねてからいきたいと思っていた天然の生け簀へ、おいしい魚介類を食べにいくのよ。それでほら、彼が新米だった頃に、取り逃がした爆弾魔がいるでしょ。あの話、しばらくやってなかったじゃない？」

「ほぼ一年前、ハロウィンで賑わう渋谷に、その爆弾魔っぽいヤツがあらわれたって話はやりましたね。結局は偽者ってオチでしたが」

「今回はね。いよいよそいつをぎりぎりまで追い詰めて、直接対決までもっていきたいのよ。でだしはこうよ。混みあう朝市で、定食の列に並んでいたチューボー刑事が、突然、だれかに肩を叩かれるの。だれかなと思って、あたりを見回すと、爆弾魔と思しき人物が、朝市の会場からでていくのが見えてね。慌てて追いかけたものの、その姿はもうないわけ。するとその夜、チューボー刑事の宿泊先で爆弾が見つかって、彼が処理することになるんだけど、精巧にできていながら、火薬が入っていない」

「これまでチューボー刑事が一方的に追いかけていたのが、今度は爆弾魔のほうから仕掛けてくるわけですか。面白い。いいじゃないですか」

「でしょ？」

いつの間にか『チューボー刑事』の打ちあわせがはじまっているではないか。

伊勢崎が嬉々として語るのを、平林がメモっていた。どこからか、手の平におさまる程度のノートと鉛筆を取りだしていたのだ。

俺がいたら却って邪魔なだけなんだよね。

穴守が言っていたのを思いだす。はたしてあのひとはどこへいってしまったのか。ほんの一時間前、穴守がここにいたことをチクるつもりはない。男と男の約束だなんて、ちゃんちゃらおかしいがそれでもだ。しかし念のため、宏彦は訊ねることにした。

「ちょっといいですか」

「いいよ、いいよ」伊勢崎がまた土鍋の炊き込みご飯を、茶碗にくべている。これで三杯目だ。「思いつきでもなんでも言いなよ。地元民の意見はぜひ取り入れたいからね。きみがいるからこそ、富山を舞台にしようと思いついたわけだし」

「いいえ、あの、この席に穴守センセーがいなくてもいいですか」

「いいわけないでしょ」伊勢崎は眉間に皺を寄せ、目をつりあげた。おまけに目尻の皺、いわゆるカラスの足跡が際立つ。「でもね。このあいだも富山で言ったけど、穴守さん、離婚のことでバタバタしているのよ。このウチも売って引っ越すって話だしね」

知っていますとは言えない。

「だからとてもじゃないけど、漫画を描ける状態じゃないって、穴守さんが言うのよ。だからしばらくは私がネタを考えて、ヒラリンさんがネームにして、下描きからペン入れをするってことになったの。穴守さん自身も承諾のうえよ。そのぶん、ヒラリンさんはもとよりアシスタントみんなの賃金はアップするわ」

平林は黙っていた。当然、彼は承知のうえなのだろう。少しも表情が変わらず、その内心を窺い知ることはできなかった。

「豊泉くん、きみにも大いに頑張ってもらうわよ。きみの描く料理は絶品だもんね。巻頭カラーも描いてもらうわよ。ここはやっぱ、蟹よね、蟹。蟹を見開き二ページでどぉおんといくから。これで人気アンケートベスト3、いや、一位獲得間違いなしよ」


四時間後。

宏彦はベッドで俯せになっていた。寝るにはまだ早い。夜の八時前だ。夕食も食べていない。あまりにくたびれたので、少し休もうと横になった途端、動けなくなってしまったのである。

くたびれて当然だ。朝の五時半に起きて、魚津の朝市にでむき、五十個ものバイ貝を担いで上京し、二時間かけて料理をつくり、そのあと『チューボー刑事』の打ちあわせにつきあわされ、穴守のウチをでたときには、外はすっかり暗くなっていた。

伊勢崎は会社に戻り、平林は自宅へ帰っていった。そして宏彦がいまいるのは荻窪のカプセルホテルだった。一泊するのに、だれもいない穴守のウチというわけにもいかず、伊勢崎が予約してくれたのだ。ここの支払いも領収書を貰うように言われている。

下井草駅から荻窪駅までバスで二十分ほどだった。荻窪は下井草よりも規模が大きく、東京っぽかった。カプセルホテルは駅からほど近く、迷わず辿り着くことができた。

カプセルルームという名称の寝床は天井が低いものの、思った以上に広かった。少なくともアシスト部屋で、机の下に丸まって眠るより断然いい。手足を伸ばして寝られるだけでなく、テレビはついているし、Wi《ワイ》-Fi《ファイ》も使い放題だった。そしてまた中学にあがる直前まで寝ていた二段ベッドを思いだした。宏彦が上で美和が下だったのだ。二段ベッドはまだ妹の部屋にあり、彼女が使っており、上の段は買い漁った漫画で溢れている。

明日の夕方、五時頃にはふたたび穴守宅に集合だ。それまでに平林はネームを完成させるという。そこで伊勢崎のチェックが入って、オッケーがでれば、そのまま平林は下描きにかかり、宏彦は魚津の朝市の背景を描く。そして夜の十時には吉野と松屋がきて、いつもどおり二泊三日で十八枚の原稿を仕上げることになる。

ほんとにいいのかな、これで。

穴守不在のまま、『チューボー刑事』を描くことが、宏彦はいまいち釈然としなかった。悪事の片棒を担がされている気がしてならないのだ。

伊勢崎は宏彦の気持ちを察したらしい。作画をアシスタントに任せる漫画家は珍しくないのよと言い、実名を数人挙げ、あのひともそうでしょと、平林も口を挟んできた。ふたりして聞き分けのない子供をあやしているかのようだった。そこまで気を遣わせるのもなんだと思い、宏彦は黙って話を聞いていたものの、やはり納得はできなかった。

しかしだからといって、アシスタントをやめようとは思わない。いまも魚津の朝市をどう描こうか、バイ貝をどう描けばうまそうに見えるか、ベニズワイ蟹をカラーで描くとしたら、黒部の自宅で練習しておくべきだろうかとか、頭の隅で考えているくらいだ。同時に穴守がいまどこにいるかも気がかりでもあった。

どこいこうかなぁ。

そう言ったときの穴守が見せた憂いに満ちた表情が、瞼の裏に浮かんでは消えていく。

すると枕元で充電中のスマートフォンが震えた。電話の震え方だ。手に取り画面を見る。

〈りりあん〉

宏彦は慌てて起きあがる。その途端、天井に頭をぶつけてしまった。

「痛っ」

痛みに眠気が飛ぶくらいである。電話はまだ鳴りつづけていた。あと三回震えたらでよう。そう決意しながら、我慢し切れず二回半ででた。

「ヒロくん？」

いきなり、つきあっていた頃の呼び名が耳に飛びこんできて、宏彦はカプセルルームの中で、ひとり動揺してしまう。

「おひさしぶり。元気だった？」

「うん、まあ。どうにか」

答えるのが精一杯で、言葉がつづかない。もちろん栗原をりりあんとは呼べるはずがなかった。

「いま、東京にいるんでしょ？」

どうしてそれを？

「さっきヒロくん家に電話しちゃったんだ。そしたらお父様がでてね。教えてくださったの」

親父のヤツめ。

〈りりあん〉こと栗原理莉子を一度だけ、自宅に招いたことがある。そのとき父は栗原を大いに気に入ったのだ。後日、別れた話をしたところ、勿体ないと自分が振られたかのように、しょげたほどである。父は栗原が原因で、息子が大学のスポーツ推薦を取り下げになったことを知らない。父のみならず、だれひとり知るものはなかった。

「漫画で賞を貰ったことも聞いたわ。ヒロくんが漫画、描いてたなんて全然知らなかったな。どうして教えてくれなかったの？」

「きみとつきあっていたときは描いていなかった」

嘘ではない。〈つきあっていたとき〉が三週間足らずだったにしてもだ。

「お父様がおっしゃっていたわ。月に二回は東京にでて、プロの漫画家さんの元で修業をしているんでしょ」

間違ってはいない。でも正しくもない。修業って。

「アシスタントしているんだ」

「その漫画家さんのとこにいるの？　話してて平気？」

「そうじゃなくて」どこからどう説明したらいいものか。「いつもは漫画家のウチに泊まるんだけど、今日は事情があって、荻窪のホテルにいるんだ」

「荻窪？　だったらウチから遠くないわ」

「ウチって」

「あたし、いま、キチジョージに住んでいるの。キチジョージって言っても、ミタカダイのほうなんだけどね」

　そう言われてもな。

　栗原の口調は東京のひとみたいだ。そう言えば訛りがない。こういうのを〈都会の絵具に染まった〉というのだろうか。

　なんにせよ、キチジョージもミタカダイも地名なのはわかる。しかし荻窪だって、今日はじめて訪れたのだ、近いと言われてもピンとこない。宏彦が馴染みの東京は西武新宿線のみ、それも下落合と下井草のあいだだけである。

「よかったら、いまから会わない？」

　突然の誘いに、宏彦は戸惑うばかりだ。

「キチジョージで会おうよ。いいでしょ？」

「会ってどうする？」思わず言い返す。

「いっしょにご飯、食べよ。ね？　それとももう食べちゃった？　だったらスタバでコーヒーだけでもいいよ」

そういうことではない。会ってなにを話せばいいのだと訊ねたつもりだった。

「ごめん。俺、やらなきゃいけないことがあって」

連載用のネームの改稿だ。明日の夕方までに完成させるのは無理にしても、できるとこまでやっておこうと考えていたのは事実だ。

「もしかして、そのホテルに女のひとといる？」

なにを疑っているんだ？

「このあいだ環水公園のスタバで、キレイなひとといたでしょ。そのひと？」

伊勢崎だ。キレイなひとと言われたことを伝えたら、よろこぶだろうか。いや、それよりもだ。

「どうしてそれを」

「あんとき帰省してたの」栗原は高校のときの女子の名を数人挙げた。「みんなで遊ぶ予定で、美術館前に集合だったのよ。いきがけにスタバでコーヒー買おうとしたら、ヒロくんが女のひとといたっちゃよ。あのひと、なんなん？」

　突然、訛りがでた。

「漫画雑誌の編集者だよ。漫画の打ちあわせをしていたんだ。だいたいあのひと、俺より十歳以上の」オバサンと言いかけ、伊勢崎に悪いと思い、飲みこんだ。「キャリアウーマンだぜ。それにな。ここはホテルっていっても、カプセルホテルだ。疑うんだったら、いまからホテルの名前を言うから、そこに電話をして、俺を呼びだせばいい」

「そんな言い方、しなくていいじゃない」

　栗原に呟くように言われ、頭に血がのぼっている自分に宏彦は気づく。

「悪かった」と詫びたものの、口ぶりはキツいままだった。

「いつまで東京にいるん？」

「水曜まで。でもすぐ帰るんで会う暇はないっちゃ」

　宏彦も自然と訛る。

「今度はいつくるん？」栗原はなおも食い下がってきた。「どうしても会いたいっちゃよ。会ってきちんと謝らなきゃ、あたしの気がおさまらんちゃ」

「きみはなにひとつ悪くない。だから謝ることなんかない」

「でも」

「ぜんぶおわったことだ。俺のことなんか忘れてくれ」

宏彦は電話を切った。電源もオフにする。頬に熱いものが伝っていくのがわかる。手の甲でどれだけ拭っても、つぎからつぎへと双眸から溢れでてきてしまう。やむなく俯せになり、顔を枕に押しつけた。

好きです。つきあってください。

高校三年の文化祭最終日、人力車に乗った栗原にそう言われ、宏彦はどう答えていいものか、わからなかった。女子に告白された経験が一度もないし、自分から告白したこともなかった。その類いが苦手というか、奥手だったのだ。

他に好きなひと、いるんですか。すでにだれかとつきあっているとか。

ないない。

宏彦は慌てて否定した。

でもほら、あんまり急なもんだから。

ごめんなさい。

じつはその、俺も前から栗原さんが気になってたんだ。

ほんとですか。

嘘である。しかもじつはべつに好きな子がいた。陸上部の後輩だ。コクる機会を常に見計らっていた。しかし他の部員からなにげに話を聞いたところ、その後輩はよその高校に憧れのひとがいるらしい。さてどうしたものかと、悶々《もんもん》としている最中だった。

栗原はあまりタイプではない。でも可愛いのはたしかだ。後輩にコクって振られでもしたら目も当てられない。ならばここでいま、栗原とつきあったほうがずっといい。なんと打算的なことか。うしろめたくはあった。でも残りの高校生活を楽しく暮らすためには、ここはひとつ。

いいよ。つきあおう。

ほんとですか。

栗原がおなじ言葉を繰り返す。

ほんとだって。そんなに俺、嘘つきに見える？

ち、ちがいます。なんか信じられなくって。ありがとうございます。

礼まで言われ、宏彦は少なからず罪悪感に苛まれた。でも栗原はよろこんでくれたではないか、俺はいいことをした、これでいいのだと、自分に言い聞かせた。

それがよもやあんな事態を招くことになるとは。

6

「はぁい、今度はこっちむいてくださぁい」

宏彦は言われるがままだ。声のするほうに顔をむけた途端、カシャカシャカシャと一斉にシャッター音が鳴った。中にはフラッシュを焚くひともいて、思わず目を瞑りそうになるのを堪えねばならなかった。

「いまの表情、よかったわ」「よかったぁ」「あたしもそう思った」「まさに日影丸様そのものだったもの」「キュンキュンしちゃった」「あたしもぉ」「もう一度、その顔してみて」「お願い」「お願いしまぁす」

十人ほどの女性が口々に言う。十八年と十ヶ月の人生で、こんな体験ははじめてだ。嘆願されているはずが、責め立てられているようにしか聞こえず、おかげで全身から嫌な汗が滲みでてきた。それでも宏彦は彼女達のニーズに応えるべく聞き返す。

「どんな表情でしょうか」

「この世のすべてを諦め切った切ない表情よ」「そうそう」「憎き父の仇、暗闇谷絶望之《くらやみだにぜつぼうの》丞《じょう》に己の操を奪われてしまったときのような」「あの場面、サイコーよねぇ」

宏彦はそんな顔をした覚えはない。

だいたいなんなんだ、〈憎き父の仇、暗闇谷絶望之丞に己の操を奪われてしまった〉って。どんな情況なのか、さっぱりわからんぞ。

するとそのとき、パシャリとフラッシュを焚かれ、あまりの眩しさに宏彦は瞼を閉じかける。

「それそれ」「ナイスよ、ナイス」「たまりまへんなぁ」と言う声と共に、ふたたびカシャカシャカシャとシャッター音が鳴りつづく。フラッシュを焚いたのがだれかはすぐにわかった。

あんなアフロ頭、松屋さん以外にいるわけないもんな。

それにしてもだ。

なにやってんだろ、俺。

ほぼ三週間前、穴守大地のウチのキッチンで、バイ貝を素材とした料理をつくっているときもおなじことを思った。ただしそのときの〈なにやってる〉度が一〇〇とすれば、今回は三〇〇を優に越えている。バイ貝の料理は『チューボー刑事』のネタづくりであり、作画資料のためだった。漫画家としての勉強だと言えなくもない。父に言わせれば修業である。

しかし今回はちがう。宏彦がいまいるのは東京の大田区にある産業支援施設の小展示ホールだ。ここではいま、同人誌即売会がおこなわれており、宏彦はコスプレをしていた。

コンピュータゲームに端を発し、漫画やテレビアニメ、小説、映画などあらゆるジャンルにメディアミックスを果たしている『血煙荒骨城《ちけむりこうこつじょう》』という作品の人気キャラ、光日影丸の格好で、会場の端に立ち、参加者三十名ばかりに囲まれていた。撮影会の真っ只中なのだ。

全員女性で、年齢は宏彦よりも年上がほとんどだった。ある意味、伊勢崎のナナハンのうしろに乗せられたときよりも現実味ゼロだ。だからといって夢心地かと言えばそれはちがう。悪夢だ、悪夢。

なにしろ日影丸の衣装がヒドい。どうかしている。着物だと言えなくもないのだが、ヘソだしルックで、太腿が剝きだしなのだ。夏場には海水浴場の行き帰り、Tシャツに、海水パンツ一丁で町中を歩くこともあるにはある。だが人通りは少ないし、だれも気にかけやしなかった。いまはスマートフォンやデジタルカメラ、一眼レフを持った女性達の前に晒されていた。最悪だ。どうしてこんな辱めを受けねばならないのか。ほとんど罰ゲームだ。この経験が将来、漫画を描くうえで役立つとは到底思えなかった。全然、修業ではない。少なくとも漫画家の仕事とは言えまい。

どうかしているのは服ばかりではなかった。紫色の髪でツインテールの鬘《かつら》を被り、目張りばっちりの歌舞伎役者みたいな厚化粧までしている。メイクをしたのも松屋だ。彼女の言い分はこうだ。

これだったらネットにあげられてもバレないから、だいじょうぶよ。

そして腰には刀を差している。もちろん本物ではない。光日影丸の愛刀を忠実に再現したレプリカで、ずしりと重かった。さらに松屋にはこうも言われた。

その格好で会場の外へでちゃ駄目だよ。施設内の自販機とかもいかないように。施設の管理責任者から大目玉食らって、下手したら即売会自体が中止になって、次回から使わせてもらえなくなるかもしれないからさ。

頼まれてもでるものか。そう思いながらも、松屋があまりに神妙な面持ちだったので、おとなしく頷いておいた。

「刀を構えて、決め台詞言ってくださぁい」「お願いしまぁす」「お願いでぇす」

女性の視線がすべて、宏彦に集中している。その中には松屋もいた。早くおやりなさいよと言いたげな顔で、宏彦を見ている。刀の構え方も決め台詞も、彼女に教わり、更衣室で練習もさせられた。どうして俺がそんなことをしなければならないのだと思いつつ、これも金のためだと割り切った。四時間この格好でいれば、松屋に五千円貰えるのだ。

宏彦は腰に差したレプリカを鞘から抜き、松屋から教わったとおりに構える。

「おぉぉおぉぉお」取り囲む女性達から歓声が沸く。そしてまたシャッター音が鳴った。

「おぬしの闇、我が光で消し去ってやるわぁぁっ」

「サイコォォォ」「かっこいい」「声も似てない？」「似てる似てるぅ」「もう一回、言ってくださぁい」「お願いしまぁす」

こうなれば自棄《やけ》だ。

「おぬしの闇、我が光で消し去ってやるわぁぁっ」

ほんと、なにしてるんだろ、俺。嗚呼、穴があったら落ちて死にたい。

四日前のことだ。十月上旬掲載の富山編二回目となる『チューボー刑事』の原稿をおえたあとだった。いつもどおり自分の机の下で丸まって眠っていると、背中を突《つつ》かれた。

豊泉くん。ちょっといい？

アニメ声がした。松屋だ。身体を捻ると足があった。左右とも裸足で、右は宙に浮いていた。その爪先で突いていたらしい。足の指十本すべての爪になにやら絵が描かれているのに気づいた。ひとの顔だ。いわゆるネイルアートだろう。はじめて気づいた。これまでも描いていたのか、それとも今日だけなのか。漫画かアニメのキャラのようだが、どうだろう。目を凝らして見ようとしたところ、宙ぶらりんの右足が床に着き、松屋がしゃがみこみ、机の下を覗きこんできた。

今度の月曜、カラー原稿を描きにこっちにくるんでしょ。

通常の原稿は発売日の一週間前あたりが〆切だ。しかしカラーとなると、さらに一週間前には入稿しなければならないのだ。『チューボー刑事』は十月下旬号で巻頭カラー四ページを飾る。以前の打ちあわせで、伊勢崎が言っていたとおり、見開きの二ページを〈蟹を見開き二ページでどぉぉんといく〉ので、これを描くために、今度の月曜、宏彦は上京する羽目になったのだ。

その前日の日曜にバイトする気ない？

なんでしょうか。

同人誌即売会に参加するのに、いつもヘルプでくる友達に用事ができていけなくなったって言われちゃって、困ってんだよね。できればきみに手伝ってほしいわけ。お願いできる？　即売会自体、正午から夕方の四時まででね。きみには店番っていうか売り子をお願いしたいんだ。五千円でどう？

かまいませんが。

マジ？　助かるわぁ。

場所はどこですか。

ケーキューカマタ駅から歩いて五分。

訊いておいてなんだが、いまだ東京で降り立った町は下落合と下井草、そして荻窪だけの身としては、最寄り駅を言われてもさっぱりだった。そんな宏彦の胸中を、松屋は察したらしい。

同人誌を運ぶんで、その日はあたし、車なの。どっか駅まで迎えにいってあげるよ。一時間前に会場入りしたいんだ。きみ、いつもどおり長距離バス？

昼間のその時間だとバスがないんで新幹線にします。

それじゃ、東京駅ってことね。だったらあたし、車ぁどっかに駐めて、駅ん中に入って、北陸新幹線の改札口まで迎えにいってあげるわ。

すっかり田舎者扱いだ。しかしなにもそこまでとは、宏彦は言えなかった。実際のところ、東京駅のどこそことか何口《なにぐち》で待ちあわせと言われても、そこまでいきつく自信がない。

新幹線の時間っていま、わかるかしら。

そこでようやく宏彦は這いでて、机の上に置いたスマートフォンを手にとり、新幹線の時間をたしかめた。

十時二十分じゃ遅いですか。

だいじょうぶ。じゃ、よろしくね。


「いやぁ、よかった、よかった。マジ助かった。すべては豊泉くんのおかげだよ。ほんと、ありがと」

松屋は上機嫌だ。そのうち鼻歌を唄って、スキップをするのではないかというくらいである。こんな彼女を見たのははじめてだった。穴守のウチでアシスタントをしているときは、なにもかもウンザリという顔でいることが多いのだ。穴守が不在だと、それがいっそう露になり、仕事こそ手を抜かないが、他のアシスタントとの受け答えはぞんざいこのうえなかった。

同人誌即売会は四時に終了、四時半までには撤収しなければならなかった。ふたりは会場をでて、町中を歩いているところだ。当然、宏彦は自分の服に着替えており、化粧を落とした顔は突っ張らかって、ひりひりしている。

施設の地下の駐車場は台数に限りがあるとのことで、即売会の参加者が使用するのを禁じないまでも、施設関係者はあまりイイ顔をしない。そのため松屋は近場のコインパーキングに車を駐めており、そこへむかう途中なのだ。

今夜は以前とおなじく、荻窪のカプセルホテルに泊まる。すでに予約も取っていた。その話を松屋にしたところ、荻窪駅まで送ってくれることになった。彼女はアサガヤなるところに実家暮らしで、少し遠回りになるけどイイわよと言ってくれたのだ。

「持ってきた本は四十部、三時間足らずで完売したんだもんなぁ。今日のは去年末のコミケにだした新刊で、三百部刷って、まだ半分残ってたんだよ。これだったらあと十部か二十部、持ってくればよかった」

〈持ってきた本〉は松屋自身が描いた漫画の同人誌だ。今朝は段ボール箱に入ったそれを、キャリーカートに積み、会場まで宏彦が運んだ。帰りのいまは、段ボール箱はぺちゃんこ、キャリーカートは折り畳んで、宏彦が小脇に抱えている。さらに言えば光日影丸の衣装とメイクセットを詰めこんだリュックサックを背負っていた。松屋はショルダーバッグひとつ、中身は今日の売り上げだ。

内容は『血煙荒骨城』の二次創作で、宏彦が扮した光日影丸が主君の極楽浄土之介《ごくらくじょうどのすけ》と知りあう前日譚だそうだ。だそうだというのは、『血煙荒骨城』について、宏彦はタイトルだけしか知らなかった。むろんプレステやニンテンドーＤＳなどは持っており、人並みにゲームはするが、『血煙荒骨城』はまるで食指が動かなかったのだ。漫画や小説になっているのは、本屋さんなどで見かけたことがあるが、これほどまでに人気があり、しかも二次創作の同人誌まであるとは、想像もつかないことだった。

松屋の同人誌は三十六ページだけの薄っぺらな本だった。絵はうまい部類に入るだろう。しかし内容はさっぱりだった。状況がまるで飲みこめず、『血煙荒骨城』を知らないので、キャラの見分けがつかない。しかもコマの割り方が独特で、読みづらかった。さらに中盤では男同士の濡れ場まであったのには面食らった。世間知らずの宏彦もこの手の漫画や小説について知ってはいた。本屋さんにいけば漫画売場の一角を占めている。しかし実際に中身を目にしたのははじめてだった。松屋には一部、貰ったはいいが、黒部の家には持って帰れない。親はもちろん、妹の美和に見つかったら大事《おおごと》である。

それにしてもだ。

以前、吉野に聞いた話だと、松屋は同人誌でがっぽり稼いでおり、穴守よりも年収がいいはずだった。たしかに表紙こそカラーだが中身はモノクロの薄っぺらな本だというのに、税込みで千円もする。しかし三百部ぜんぶ売れたとしても三十万円だ。原価がどれだけかかるかはわからないにせよ、とてもではないが、がっぽり稼ぐには難しいように思う。

「どうしたの？　黙りこんじゃって」

「いえ、べつに」

あなたがどれだけ儲けているのか、考えていましたなんて言えるはずがない。すでにコインパーキングに着いていた。松屋が駐車料金の支払いをおえ、車に乗りこむところである。

松屋の車は軽でしかも二人乗りだった。ダイハツのミゼットIIだと、訊いてもいないのに教えてくれた。うしろに荷室が付いたタイプだ。二十世紀末の代物で愛らしい形に惚れこみ、中古で買ったものだという。ふたりだとキュウキュウだった。しかし乗せてもらっているので文句は言えない。

ハンドルを握る松屋の手を見ると、その指には左右十本とも顔が描かれていた。『血煙荒骨城』のキャラクターだ。今朝、東京駅の北陸新幹線の改札口で会うなりそれに気づき、訊ねたのである。先日、足の爪に描いていたのもおなじだったらしい。なんでも松屋は週に二度、秋葉原のネイルサロンで働いているとのことだった。

「もしかして怒ってる？」

コインパーキングから公道にでるなり、ハンドルを握る松屋が訊ねてきた。

「なんで俺が怒らなくちゃいけないんですか」

「ふつう怒るでしょ。よく考えてみなよ。同人誌即売会の売り子をお願いするって言ったのに、コスプレさせられて、餓えた狼みたいな腐女子達の前に晒されたんだよ。ふつうは怒るでしょ？」

なにを言っているんだ、このひとは。

「やれって命じたのは松屋さんでしょうが」

「そりゃそうだけどさ。あたしだったら、どういうことだって怒るよな。少なくとも五千円じゃ足りない、もっとよこせって言うよ」

「言ったらくれるんですか」

「あげない。いまのあたしには五千円だすのが精一杯。今回の本は今日売れたぶんでようやく黒字だもん。許してよ」

「そんだけ印刷代にかかったってことですか」

「まあねぇ」

全然、がっぽり稼いでなどいないではないか。

「もしかして吉野さんから、あたしが同人誌で金儲けしているって聞いたんじゃない？」

「いえ」と否定しても無駄だった。

「吉野のヤツ、なんて言ってた？」

さん付けからヤツに変わる。

ミゼットIIの狭い車内で詰問調に言われたら、答えざるを得ない。

「松屋さんの同人誌は人気があって、その収入だけで、じゅうぶん生活ができると」

嘘はついていない。オブラートを何枚も重ねただけである。

「そんなわけないじゃん。だったら漫画のアシスタントもしてないし、秋葉原のネイルサロンで働いてもないわよ」松屋は吐き捨てるように言う。「でもまあ、あたしも悪いんだ。一年くらい前だったかな。同人誌ってどれだけ売れるんだって、アイツに訊かれたことあるのよ」

ヤツのつぎはアイツ呼ばわりか。

「めんどくさいんで相手にしなかったら、儲けてるから言わないんだろって突っかかってきてさ。それがまたしつこいの。最後には頭きて、はいそうです、って答えちゃったんだよね。そしたらアイツ、今度はなに言ってきたと思う？」

話をしているうちに松屋の鼻息が荒くなってきた。車の運転に影響がでないかというほどの憤り方だった。

「なんて言ったんですか」

「ひとが描いたキャラを使って金儲けしてイイと思ってるのか、そういうのは法律に触れるんじゃないかって、ネチネチネチネチ言ってきてさぁ。マジむかつくんだよな。でもまあ、考えようによってはアイツも可哀想なヤツよ。高校でてから十年、漫画家を目指しているのに、いまだデビューできずに、だいぶコジらせちゃってるからね。穴守さんとこにアシスタントに入ってもうじき四年、そのあいだにメジャーズの新人賞に投稿しつづけて、七回目でようやく佳作だもんなぁ」

「吉野さん、五回目と言ってましたが」

「二回サバ読んだんだ。ダッサ。そんな見栄張ってどうすんのよねぇ。しかもはじめての投稿で百万円獲得しちゃったきみにむかってさ。ほんとダサいわ。きみもアイツみたいにならないよう注意しないとね」

　気をつけますとは言い難い。それはそれで、吉野が気の毒に思えたのである。

「アイツ、きみに相当、ライバル心を燃やしてるみたいだよ。担当の編集者には、さらに上の賞を狙いましょうって言われてるのにさ、勝手に連載用のネームを持ってって揉めたんだって」

「本人に聞いたんですか」

「そんなわけないでしょ」松屋は鼻で笑う。「あたし、パソコンが得意だから、『エスパーヤンキー』の前田センセーんとこでアシスタントするのね」

「パソコンが得意だとなんで呼ばれるんです？」

「『エスパーヤンキー』って、ぜんぶパソコンで描いてるのよ。前田センセーはもちろんのこと、アシスタントが描いた背景その他を組みあわせて、原稿を完成させるのが、あたしの主な仕事なの」

「へえ」パソコンで漫画が描けることは、宏彦だって知っている。でもどんなふうに作業をしているのか、いまいち想像がつかなかった。

「十人はいるアシスタントの半分以上は、自分のウチで描いて、センセーんとこに送信してくるだけなのよ」

そんなことまで可能なのか。

「アシスタント同士、まったく顔をあわせていないなんてザラで、前田センセー自身、三年以上会っていないひとまでいるほどでさぁ。さすがにそれはどうなのって話になって、今月のアタマ、前田センセー主宰でアシスタント全員参加のバーベキューパーティーがあってね。男女ちょうど半々ですごい盛りあがったんだ。そん中にも今回の新人賞で準大賞を獲った女の子がいて、彼女の担当編集者が、吉野のヤツとおんなじひとなんだよ。その子もきみと同様、連載にむけての打ちあわせをしてて、担当に会う度に、吉野のヤツの話を聞かされるんだって」

松屋の話を聞き、吉野よりも準大賞を獲った女の子のほうが気になった。連載にむけての打ちあわせを進めているとなれば尚更である。

「豊泉くんはどう？　きみも伊勢崎さんと連載用のネーム、進めてるんでしょ？」

「一話目は完成したんですけど」

ちょうど一週間前、十月上旬号の原稿のために上京した際だ。

その日も朝に魚津まででむき、ゲンゲとベニズワイ蟹を購入し、穴守のウチのキッチンで宏彦が調理した。ゲンゲは富山湾の水深二百メートルよりも深いところに棲む深海魚だ。見た目はあまりよくない。グロテスク寸前だ。昔は『下の下』と漁師に呼ばれ、捨てられていたくらいだったが、近年は豊富なコラーゲンがあることで、俄に人気が高まっているらしい。じつを言えば宏彦もよく知らなかった。

魚津の朝市で、「バイ貝のお兄ちゃん」と売り子のオバサンに呼び止められ、勧められるがままに買ってしまったのだ。料理法もオバサンから教えてもらった。みそ汁に煮付け、天ぷらもできるという。

試しにつくってみたところ、伊勢崎と平林によろこばれ、『チューボー刑事』富山編の二回目は蒲鉾のはずが、急遽、ゲンゲに変更となった。三回目は当初の予定どおり、ベニズワイ蟹だ。こちらは天ぷらと鍋で食した。カラー原稿を描かねばならないので、富山編の二・三回目のネームをまとめてつくることになっていたのである。

ちなみに富山編の一回目、バイ貝の回の人気アンケートは五位だったらしい。四位と僅差だったのよと、伊勢崎はほんとに悔しそうだった。

その打ちあわせを済ませ、穴守のウチをでたのは夜の九時だった。荻窪のカプセルホテルへむかう前に、下井草駅のモスバーガーで、伊勢崎に連載用のネームを読んでもらった。二稿目は五十六ページだったのをふたたびアタマから描き直し、五十二ページに仕上げた自信作だった。そして伊勢崎にはオッケーをもらった。

「けど、なにさ」

「二話目のネームを描けって言われまして。それができたら編集会議にだすとも」

「きみとしては一話目ができた段階で、編集会議にだしてもらって、なにかしらの結果がでると思ってたわけね」

松屋の言うとおりだ。ゴールに辿り着くなり、あと百メートル走れと言われたようなものだった。ただし二話目は二十ページでいいと言う。描かなければ編集会議にかけてもらえないのだ。描くしかない。それもできるだけ早くだ。

その後、穴守の仕事場で月曜の夜から水曜の朝までの二泊三日、『チューボー刑事』の原稿だった。黒部では蒲鉾を描く練習をしてきたのが、ゲンゲに変更してしまったため、宏彦は焦った。しかも平林からは生の状態から調理および出来あがった料理までを任されてしまったのだ。

生のゲンゲは豊富なコラーゲンを含んだ、ゼラチン状のものが全身を覆っている。半透明のこれを描くのに、四苦八苦したものの、プルプルとした感触まで表現することがどうにかできた。

ただ困ったことに、主人公のチューボー刑事はこのゲンゲを煮付けや天ぷら、そして寿司にまでするのだが、どれも絵にするとパッとしなかった。どう上手に描こうとも、ゲンゲっぽさがなくなってしまうのが困る。煮付けはまだしも、天ぷらはワカサギみたいだし、寿司は穴子のとそっくりだ。こうなると致し方ない。平林と相談して、登場人物達の台詞でフォローしてもらうことにした。「見た目は穴子みたいだけど、淡白でクセがなくて、食べやすいぞ」「コラーゲンのおかげで、一口嚙む毎に肌がツヤツヤしていくわ」などといった具合にである。

黒部に戻ると、早速、二話目のネームにとりかかった。ガソリンスタンドのバイトはあっても、二十ページならば三日あれば仕上げられる自信があった。

ところがそうはいかなかった。一昨日の金曜、妹の美和が学校で倒れてしまったのだ。自宅に電話があったのは朝の十時過ぎで、宏彦しかいなかった。ガソリンスタンドのバイトは遅番だったのだ。父は会社、母はパートにでていたのである。

中学校へいくと、美和は保健室のベッドで横たわっていた。いつにも増して顔が青白く、宏彦は動揺を隠し切れなかった。ただし妹は気を失っていたわけではなく、話もできた。とりあえずタクシーを呼んでもらい、いきつけの病院へむかうことにした。タクシーまでおぶってやると言うと、恥ずかしいからいいよと断られてしまった。

病院に着いたあと、ガソリンスタンドに電話をかけ、事情を話して、休ませてもらうことにした。点滴を打ってもらった美和は、顔色がだいぶよくなった。しかし家まではだいぶ距離があるため、ふたたびタクシーを使うことにした。

ごめんね、兄ちゃん。せっかく稼いだお金、あたしのために使わせちゃって。

つまんないこと、気にするな。

宏彦は早いところ、運転免許をとらなくちゃ駄目だなと反省していた。家に戻り、妹を部屋に寝かせたあとも(二段ベッドの下だ)、そばにいることにした。ネームを描きながらは無理だった。妹の容態が心配で、先に進まないのである。そもそも二十ページと短くなったぶん、どこに山場を持っていけばいいのか、どうやっておわらせればいいのかがよくわからないというのもあった。

その点、『チューボー刑事』は毎回十八ページの一話完結で、料理をつくって事件まで解決するのだから、たいしたものだ。多少、強引なところもなくはない。それでもだ。『チューボー刑事』に限らず、なにかヒントになればと、『エスパーヤンキー』をはじめ、メジャーズの他の漫画も何号か前から、改めて読み直してみた。おっと思わせる導入部ではじまり、見せ場が二つ三つきちんとあり、一話完結ならばきれいにオチが決まるし、つづきものは次号が気になる引きでおわっていた。よくもまあ、二十ページ前後で、これだけきちんとおさめられるものだと感心してしまう。

うちの雑誌の漫画のどれよりも、おもしろいものが描ける自信ある？　と伊勢崎に訊かれ、もちろんですと答えた自分が恥ずかしくてたまらなくなった。とんだビッグマウスだ。

結局、二話目のネームは半分も仕上がらず、東京にきてしまった。こんなことなら同人誌即売会の手伝いを断ればよかったと思わないでもなかったが、ときすでに遅しだ。

「準大賞を獲ったひとって萌え系というか、美少女アニメみたいな絵を描いてましたよね。連載用にどんな漫画、描いているんです？」

一気になるんだ」松屋が冷ややかすように言った。「女子高生三十人が孤島で生き残りをかけて殺し合いをする話らしいわよ」

映画や漫画にもなった小説の丸パクリではないか。ちがうのは全員女子という点だけである。

「担当編集者の企画でね。きみみたいな絵柄ならば、どんだけグロい表現でもだいじょうぶって言われて、ネームに取りかかったけど、まだ二十ページも描けてなくて、困っているって言ってたわ」

宏彦はほっと胸を撫で下ろす。でも油断はできない。一刻も早く、二話目のネームを描かねば。カプセルホテルにはバーラウンジがある。今夜、そこで描くとしよう。明日は朝九時に穴守の自宅へでむき、平林とふたりで『チューボー刑事』のカラー原稿四ページを描く。夕方には完成の見込みだ。その原稿を下井草駅のモスバーガーで伊勢崎に渡し、ひきつづきネームの打ちあわせもする予定である。

「豊泉くんは漫画家になりたいの？」

以前、穴守にもおなじ質問を受けた。そして宏彦はそのときとおなじに一応と答えかけ、穴守に渋い表情をされたのを思いだし、慌てて咳払いをした。

「どうなの？」

「もちろんです」

「やめときなよ」

「はい？」

なにかの聞き間違えかと思い、松屋の横顔をまじまじと見てしまう。すると松屋はこう訊ねてきた。

「きみさ。穴守センセーをどう思う」

駄目な大人だ。しかしそうは言えない。

「漫画家三十年やってきて、成れの果てがアレよ。いくら離婚して大変でも、自分の漫画をアシスタント任せにしちゃうのは、どうかしてるでしょ？」

異論はないが、そうですねとは答えにくい。

「あれでもさ。あたしが子供の頃は憧れの叔父さんだったんだよ。好きなことを仕事にしてるなんて、カッコイイじゃない？　あたしの父はふつうのサラリーマンだけど、家にいると仕事の愚痴しか言わないのよ。引きこもりだったあたしをアシスタントに誘ってくれたのも叔父さんだし、恩人でもあるわけ。だからいまのていたらくが、マジむかつくんだ」

松屋がふたたび憤ってきた。しかしさきほどのように鼻息は荒くなっていない。口調に至ってはふだんよりも冷静で、アニメ声ですらないのがなんとも不気味に思えた。

「それにさ。叔父さんとこで七年近く働いて、いろんなアシスタントがいたけど、大半は漫画家として一本立ちできていないんだよね。デビューまでは漕ぎ着けても、人気がなくて、単行本二、三冊だしてオシマイなんてひとはまだマシなほう。あとは吉野のヤツみたいに燻《くすぶ》っているか、きっぱり諦めて他の職業に就いているかだな。ヒラリンさんみたいなひともいるし。あのひとが『スイキューガールズ』を描いていたのは知ってる？」

「吉野さんに聞きました」

「原作者が淫行で捕まったせいで、打ち切りになったたまま、ほぼ四年近く仕事がなくて、叔父さんとこに出戻ったたって話も？」

「はい」

「これも前田センセーんとこのバーベキューパーティで聞いた話でね。原作者の中目黒サンマはとうの昔に被害者側と示談の結果、不起訴になっているんだよ。しかも名前を変えて、復活してるらしいの。BBに『ぼくのカノジョがラスボスのはずがない』っていう、主人公がファンタジー系のゲームの世界にでたり入ったりする漫画があるじゃない。あの原作の鬼龍院華男《きりゅういんはなお》がそうじゃないかって」

その漫画ならば知っている。連載がはじまって一年以上経つのではないか。単行本もすでに五巻くらいまででているはずだ。
「それ、ヒラリンさんはご存じなんですか」
「どうだろ」松屋は首を捻った。「これまでヒラリンさん自身の口から中目黒サンマどころか、『スイキューガールズ』やＢＢの名前もでたことないんだよね。こっちからしたこともないし。でももしほんとに鬼龍院華男が中目黒サンマだとしたら、ＢＢもヒドいよね。ヒラリンさんが気の毒でならないよ」

♪俺にはコミック雑誌なんか要らない
俺にはコミック雑誌なんか要らない
俺にはコミック雑誌なんか要らない
俺のまわりは漫画だかぁら♪

平林が唄っていた歌だ。ネットで検索をしたところ、タイトルも『コミック雑誌なんか要らない』という、頭脳警察なるバンドの歌だった。三十年も昔に、ほぼおなじタイトルで、内田裕也主演の映画もあったようだ。

「叔父さんやヒラリンさん、それに吉野のヤツなんかを間近で見ててさ。それでもまだ、きみは漫画家になりたいと思うの？」

松屋の言わんとすることはわかる。しかしだ。

「なれるものなら、なりたいです」

宏彦はそう答えることしかできなかった。これが偽らざる本心だ。すると松屋は大きくため息をついた。

「わかった。だったらきみの好きにすればいい。あたしはこれ以上、なんにも言わないよ。でもこれだけは覚えておいて。この世界はだれもあなたの味方じゃない。ひとりで戦っていかなきゃ駄目なの。とくに編集者を信じたら、痛い目に遭うわ。いまは伊勢崎さんもきみにイイ顔をしているでしょうけど、この先、きみの敵になるかもしれないし、あっさり捨てられることだってあるんだからね。それは肝に銘じておくべきよ。いい？」

「はい」

もしかしたら、この話をするために、今日、俺を同人誌即売会に誘ったのか。

穴守をはじめ、さまざまな漫画家や漫画家志望のアシスタントを、松屋は目にしてきたのだろう。だからこそ宏彦にこうして忠告しているのかもしれない。

「お腹、減ってなぁい？」

松屋はいつもどおりのアニメ声に戻った。昼は同人誌即売会の会場へむかう途中、コンビニで買ったおにぎり二個と唐揚げを車中で食べただけである。

「減ってます」

「途中でファミレス寄るよりも、やっぱ荻窪までいって、ラーメン食べよっか。あそこならおいしいラーメン屋がいくらでもあるからさ。今日のお礼に奢ってあげるよ」


ヒロくん。

荻窪にあるカプセルホテルの部屋で寝ていると、布団の中に、ひとが潜りこんできた。栗原だ。お互いの鼻のアタマがぶつかるほどに、顔を寄せてくる。その段階で、これは夢だと宏彦は理解した。夢ならばなにをしてもいいだろうと思ったものの、できなかった。身体がぴくりとも動かないのだ。金縛りにちがいない。そうしているうちに、栗原の顔が伊勢崎に変わってしまった。

オバサンなんて呼ばれたの、はじめてだわ。

俺は言っていませんよ。

伊勢崎の髪は見る見るうちにチリチリになり、アフロ頭になった。顔も松屋になった。

豊泉くんは漫画家になりたいの？　ゲームのキャラで男同士の組んず解れつの漫画を描いて、それで満足しているんですか。

スマートフォンが唸っている。電話だ。また栗原だろうか。ちがう。美和だ。この夢に気づき、叱りつけるために電話をしてきたにちがいない。スマートフォンを手にとり、画面を見たが、０９０からはじまる電話番号が表示されているだけだった。だれだと思いつつ、通話にして耳に当てる。

「こんばんは、極美バストでおなじみ、悶絶純情グラビアアイドル、上山仲子です」

まだ夢のつづきらしい。どうしたら目覚めることができるのだろう。

「豊泉宏彦さんですよね」

「そうですけど」

「やだぁ、もっとよろこんでくださいよぉ」

本物ならばまだしも、所詮は夢である。よろこぶだけ虚しいというものだ。

「本物ですよ。信じてません？」

信じるものか。

「代わって、代わって」べつの声がした。男性だ。「もしもし、豊泉くん？　突然だったんで驚いちゃった？」

「どちら様でしょうか」

「BBの小瀬だよ。スタジオで撮影をおえた仲子ちゃんが、編集部にきててさ。きみに電話してもらったの。サプライズよ、サプライズ」

　BBの小瀬。きみの絵柄は青年誌向きだねえと言い、メジャーズへ原稿を持っていくように勧めたチャラいオジサンだ。枕元の時計に目をむける。まだ七時半だった。荻窪に着くと、松屋はほんとにラーメンを奢ってくれた。彼女と別れたあと、カプセルホテルにチェックインし、ベッドに横たわったのは、七時前だったたと思う。

「メジャーズ新人賞大賞おめでとう」

「ありがとうございます」

「でさぁ。突然で申し訳ないんだけど、近いうち会えないかな？　ちょっと話したいことがあるんだよねぇ」

「どんなことでしょうか」

「それは会ってからのお楽しみ」

　なんだ、このひと。

「明日の夕方、伊勢崎さんと打ちあわせの予定ですが」

さ」

「それがおわったら、ぼくのスマホに電話くれない？　いまかけてるのがそうだから

「いえ、下井草です」

「編集部で？」

「何時になるかわからないのですが」

「そんなの気にしなくっていいよ。よろしくね」

電話を切ると、しばらくしてスマートフォンが震えた。小瀬から、電話ではなくショートメッセージだ。

〈お仕事、ガンバってくださいね　上山仲子〉

写真が添付されており、悶絶純情グラビアアイドルが宏彦に投げキッスをしていた。チクショー。かわいいじゃんかよぉ。

翌朝は荻窪をでて下井草までバスでむかい、穴守の自宅には午前九時前に着いた。

あれ？

郵便受けの鍵を玄関のドアに差しこんだが、施錠はされていない。鍵を元に戻し、そっとドアを開く。

「おはようございまぁす」

「おはよう」返事があった。家主ではなく平林だ。

アシスタントの部屋に入ると、平林が自分の机に張り付くように座り、ペンを動かしていた。

「すみません」宏彦は慌てて隣の席に座る。

「謝ることはない」手を休めず、平林が小さく笑う。「きみが遅刻したんじゃない。俺が早くきただけだ。それもほんの五分前、いまちょうどはじめたばかりさ」

その言葉に嘘はないようだ。平林が描く原稿は一ページ目で、最初のコマのチューボー刑事の顔にしか、ペンが入っていなかった。

「それじゃ、俺、見開きページのベニズワイ蟹を」

「その前にひとつ、お願いがあるんだけどいいかな」

「なんでしょう？」

聞き返す宏彦は、自分の机にネームの束があるのが目に入った。

「俺が描いたネームなんだ」

ヒラリンさんの？

「ぜんぶで五十ページある。読んでくれないか」

「お、俺がですか」

「嫌か？」

「嫌ってことはないですが」

「十代向けに描いた漫画なんだ。でも考えてみたら、俺のまわりに十代って、娘ときみしかいなくてさ」

『チューボー刑事』でブルーベリーパイの回のとき、資料だと平林から渡された写真の中に彼の娘がいた。七、八歳だったが、五年も前の写真だと言っていたので、十代といっても、妹の美和とそう変わらないはずである。

「娘さんは読んだんですか」

「題材はいまどきなのに、話は古臭いって言われちゃったよ。登場人物の言葉遣いとか考え方とかもね。それでまあ、きみにも読んでもらって意見を聞きたいんだ。頼むよ」

仕方がない。宏彦はリュックサックを机の下に入れ、自分の席に着くと、平林のネームを広げた。

『俺たち、ユーチューバー！』

ダサッ。

危うく声にだしかけた。いくらなんでも、このタイトルはない。そう思いつつ、宏彦は黙って読み進めていった。

平林も『チューボー刑事』のネームを描く際は、キャラをマッチ棒みたいに描く。ところが『俺たち、ユーチューバー！』は宏彦とおなじくきっちり描かれており、このまま下描きに使えるレベルだった。そして驚くべきことにその絵柄は『チューボー刑事』とはもちろん、『スイキューガールズ』とも別物だった。少なくともこの漫画を読んで、『スイキューガールズ』とおなじ漫画家だとは気づくまい。

リーゼントに学ランという〈札付きの不良〉（漫画の中の台詞にでてくるのだ。しかも不良にはワルとルビが振ってあった）が、担任の先生に命じられ、〈引きこもり〉のクラスメイトを毎朝、迎えにいくことになった。しかし一週間いっても家からでてこようとしない。業を煮やした〈札付きの不良〉は庭の柿の木によじ登り、二階にある〈引きこもり〉の部屋に入っていく。すると〈引きこもり〉は三脚に立てたカメラの前で、激辛ラーメンを食べていた。そして突然あらわれた〈札付きの不良〉に驚き、口に含んでいた激辛ラーメンをぜんぶ吹きかけてしまう。

〈札付きの不良〉はシャワーを浴びさせてもらい、〈引きこもり〉に事情を訊く。なんと〈引きこもり〉はユーチューバーで、ユーチューブにアップするための動画を撮影中だったのだ。〈札付きの不良〉は人気のユーチューバーの収入がハンパではない話を知っており、〈引きこもり〉と組めば一攫千金が狙えるかもしれないと考える。〈引きこもり〉もちょうど協力者が必要だと思っていたので、意気投合しコンビを組むことになる。そして最後のコマはふたりが肩を組んで腕を突きあげ、「世界一のユーチューバーになるぞっ」と叫んでいた。

「どう？」

読みおえるなり、平林が訊ねてきた。いつの間にか、原稿の手を止め、宏彦のほうを窺っていたらしい。

「面白いですよ」

そう答えたものの、娘さんの言うとおりだと、宏彦は思った。題材はいまどきでも話の中身やキャラが古臭いのだ。

「どのへんがどう面白かった？」

「ユーチューバーが主人公っていうのが、斬新というか時代を先取りしてて、イイと思いました。不良と引きこもりがコンビなのも意外ですし」

意外ではない。漫画にはよくある設定だ。「お互い、はみだしもの同士、なかよくやっていこうぜ」と〈札付きの不良〉が言うのだが、これまたよく聞く（読むだな）台詞である。『スイキューガールズ』に似たような台詞があったのを宏彦は思いだした。考えてみれば、あの漫画もスケバンが登校拒否のクラスメイトを迎えにいく出だしだった。

「他には？　まだあったか、面白いところ」

平林が真正面から見据えてきた。目がマジ過ぎて怖い。

「ふたりのかけあいが絶妙で」

「どのへんが？」

「そうですね、えぇぇと」

宏彦はネームを捲り、いくつか挙げた。そうでもしないことには、許してもらえそうにないのだ。

「それじゃあさ、悪い点はどこ？　もっとここはこうしたほうがいいとか、いまどきの十代はこんなことしないとかはないかな」

それも言わないと駄目なのか。

じつはリーゼントに学ランは却ってアリのように思えた。いまどきこんな不良はいないと笑えてしまう。不良にワルとルビを振るのもだ。しかしたぶんネットでも調べたのだろう、若者言葉を無理矢理使っているほうが痛々しい。そのいくつかを「こういうのは普通の言葉で通じますよ」と指摘しておいた。

「それと動画の撮影してるとこはいいんですが、編集してる場面が入ってると、よりユーチューバーっぽい感じがでると思うんですが」

「なるほど」平林は宏彦の意見を自分のネームに書いていく。

「すみません、なんか生意気言っちゃって」

「いや、いいんだ。なまじっかな編集者よりもずっと参考になった。ありがとう。助かったよ」

「それ、どっかで連載、決まってるんですか」

「まさか」ネームを鞄にしまい、平林は力なく笑う。「これから持ち込み。まずはBB、駄目だったら、よその出版社へいこうと思ってる。きみはどうだい？　順調にいってる？」

「伊勢崎さんには一話目のネーム、オッケーもらいまして、二話目を今日、見てもらうつもりです」

昨夜、カプセルホテルのバーラウンジで、どうにか最後まで描きあげたのだ。おわったのは朝の四時だった。

「お互い頑張ってサバイバルを勝ち抜こうぜ」

平林が右手を差しだしてきた。握手を求めてきたのだ。彼の指には大きなペンダコができている。宏彦にはそれが羨ましく思えた。

「いいね、いい」封筒から『チューボー刑事』のカラー原稿をだし、しげしげと見ながら伊勢崎が言った。「ベニズワイ蟹、サイコーだよ。この巧みな色遣いにデフォルメを効かせた描きっぷり、実物よりもウマそうだもん」

「ありがとうございます」

平林とふたりして一時間弱、悩みに悩んだ色だ。印刷して仕上がったとき、どう見えるかまで考えた甲斐があったというものだ。

カラー原稿が仕上がったのは夕方の五時で、平林はそのまま帰宅し、宏彦がここ、下井草のモスバーガーで伊勢崎に手渡すことになったのだ。このあと、打ちあわせをしてもらうためである。ところがだ。

「でさ、悪いんだけど豊泉くん。今日明日、きみと打ちあわせしてる時間がなくなっちゃってね」

「そうなんですか」

せっかく気合い入れて朝四時に完成させたのに。

不服ではあるが、ここで文句を言ったところで仕方がない。

「明後日にはスマホに電話するわ。よろしくね」

第二話目のネームのコピーを受け取ると、伊勢崎は風のごとく立ち去っていった。

ひとり取り残された宏彦は、スマートフォンを取りだし、画面に電話履歴を表示した。そしてBBの小瀬の番号をタッチする。

「お待ちしておりましたぁ」呼びだし音二回半で、莫迦に陽気な小瀬の声が耳に飛びこんできた。「豊泉くんだよね。いままだ下井草？」

「は、はい」

「だったら西武新宿線で高田馬場駅まで、でてきてくんないかな。早稲田口にでて待ってて。タクシーで迎えにいくからさ。六時半にはこられるよね。よろしく」

一方的に電話を切られてしまった。時刻は六時を回っている。僅かに残ったぬるいコーヒーを飲み干し、宏彦は慌ててモスバーガーをでた。


東京タワーだ。

月に二回、東京を訪れるようになってから、実物を見たのははじめてだ。真っ赤にライトアップされ、火柱のような東京タワーに宏彦は思わず見入ってしまう。

「シモシモォォ、コゼちゃんですよぉ」

隣で小瀬がしゃべりだした。スマートフォンを耳にあてている。ふたりはいま、タクシーの中だ。高田馬場駅の早稲田口で拾ってもらった。メジャーズやＢＢの出版社へむかうのかと思いきや、どうもそうではないらしい。

「お待たせしてメンゴメンゴメンゴォ。はは。いまねぇ、東京タワーが見えてきたから、じきに着くと思うんだよねぇ。運転手さん、あとどんくらい？」

「五分も経てば到着します」

「五分だって。そんな怒んないでよ。オイシイ焼肉、食べさせてあげるんで、許してチヨンマゲェ。はは。それと今日は若くてピチピチのイケメンの子もいっしょなんだぜ。豊泉くん、いくつ？」

　俺のことか。

「十八です」

「エイティイイインだよ、エイティイイイイイン。はは。楽しみにしててねぇ。それじゃ、五分後。ヨロピクゥ」

　電話のむこうはいったい、だれなのだろう。宏彦にはまるで想像がつかなかった。

「豊泉くん、ベジタリアンだったりする？」

「い、いいえ」どういう質問だ。

「宗教上の理由で食べられないものがあるとかは」

「ないです」

「よかったぁ。これからキャバ嬢のネーチャンふたりと、焼肉食べいくんだよ」

「俺もですか」

「モチのロン。だって、今日はきみのお祝いなんだぜ。メジャーズ新人賞大賞受賞のさ。いや、でもまさか大賞を獲るだなんて、思ってもみなかったよ。たいしたもんだ、きみは。はは。あのあとウチの編集長に大目玉食らったよ。あれだけの才能をおなじ出版社とはいえ、よその編集部に渡すとは何事かってね。はは。伊勢崎にはまだ、やってもらってないよね、お祝い？」

「え、ええ」一度、焼肉をご馳走になるはずが、穴守のおかげでポシャッてしまった。富山の回転寿司でおごってもらったものの、お祝いとはちがうように思う。

「アイツ、そういうとこが駄目なんだよねぇ。仕事はできるんだけどさぁ、漫画家に対するアフターケアがなっちゃないんだよねぇ。いくら来年の春、なくなるからって、そういうとこケチっちゃ駄目だっつうの」

ん？

「なにが来年の春、なくなるんです？」

「やっべ」小瀬は両手で口を塞いだ。そのくせ全然ヤバそうではない。なにしろ目が笑っているのだ。「だれにも言わないって約束するかい？　ネットに書きこむのもナシだよ」

「そんなことしません」

宏彦が答えると、小瀬は口から手を外し、にやつきながらこう言った。

「メジャーズがね。来年の春、休刊しちゃうの。まぁ、この業界、休刊っつうのは実質は廃刊なんだけどね」

7

「その話、だれから聞いたの？」

「ＢＢの小瀬さんです」

「なんでアイツと会ったのさ」

スマートフォンのむこうで、伊勢崎が険のある言い方をする。眉間に皺を寄せた彼女の顔が容易に想像できた。

「ちょっと話したいことがあると言われて」

「いつ？」

「一昨日です」

「私と下井草で会ったあとね。六本木のキャバクラ、いったんでしょう」

宏彦はぎくりとする。正解だった。

「俺は断ったのですが、小瀬さんが無理矢理」

これはほんとだ。焼肉屋をでたのは夜の九時半、下落合駅へいけば、十一時か十一時十分、いずれかの深夜バスに乗ることができた。しかし小瀬が命じて、キャバ嬢ふたりが宏彦の左右の腕を摑み、彼女達の勧めるキャバクラへ連れていかれたのである。

「だけどキレイなオネエサン達に囲まれて、さぞや楽しかったでしょうね」

宏彦は答えに詰まった。同人誌即売会ではより大勢の女性に囲まれたものの、キャバクラのほうが楽しい時間を過ごせたのは紛れもない事実だからだ。〈キレイなオネエサン達〉の強烈な香水の香りが鼻の奥でふたたび香り立った。

未来の大センセーと呼ばれ、ウーロン茶とジンジャエールしか飲んでいないのに、イイ気になっていた自分が、恥ずかしくなってきた。

嗚呼、穴があったら落ちて死にたい。

未成年の宏彦は焼肉屋でもキャバクラでも、一滴も酒を呑まなかったが、小瀬はだいぶへべれけになってしまった。キャバクラをでて、もう一軒、馴染みの店へいこうと薄暗いバーにふたりだけで入っていった。その段階で、宏彦が支えなければ、小瀬は歩けない状態だった。なおかつだ。彼はカウンターに座るなり、眠ってしまったのである。

小瀬さん、三時までは起きませんよ。

カウンターの中で働く、渋めのオジサンが宏彦に言った。

帰るんだったら、いまのうちです。

帰りたいのは山々だった。しかし時刻をたしかめると一時十分だった。富山まで帰るのは無理だ。どこかに泊まるしかない。ネットで検索しようと画面をタップしていると、ふたたび渋めのオジサンが話しかけてきた。

宿泊先なら、安い場所をお教えしましょう。

風呂に入ってゆっくり寛ぎたければ、このカプセルホテルに、寝るだけでいいのなら、このインターネットカフェと、いくつか候補を挙げてくれた。店をでる際、礼を言ったところだ。渋めのオジサンは笑って答えた。

小瀬さんにここまで連れてこられて、帰る手だてを失った方はいままでも大勢いらっしゃいましたのでね。

宏彦はインターネットカフェに泊まり、翌朝（とは昨日の朝だ）、下落合駅を午前七時半発の長距離バスで黒部に帰ってきたのである。

昨日は遅番、今日は早番でガソリンスタンドのバイトに入った。車がくるのを突っ立って待ちながら、聳え立つ立山連峰を眺めていると、同人誌即売会でコスプレをしたことや、穴守の仕事場でベニズワイ蟹を描いたこと、そして六本木のキャバ嬢にフルーツをあぁぁんして食べさせてもらったことなど、すべて幻に思えた。しかし小瀬の言った言葉だけは鮮明に覚えている。脳裏に焼きついていたのだ。

メジャーズがね。来年の春、休刊しちゃうの。まぁ、この業界、休刊っつうのは実質は廃刊なんだけどね。

なぜ廃刊になるのかを聞き返しても、小瀬はこれ以上は言えないの一点張りだった。おかげで二日間、悶々とした気持ちで暮らしていた。

そして今夜、十時ちょうど、自室にいた宏彦のもとに伊勢崎から電話があった。ベッドの上であぐらをかき、スマートフォンに耳をあてた。休刊だか廃刊だかの話をするかと思いきや、伊勢崎は挨拶もそこそこに、第二話のネームについて話しはじめた。宏彦は堪え切れず、彼女の話を遮り、こう訊ねたのだ。

メジャーズが休刊になるって聞いたんですが、と。

「小瀬は私の同期で、BBでしばらくいっしょに働いていた時期もあったわ。昔はあんなじゃなくてね。四角四面で融通の利かない堅物野郎でさ。漫画の打ちあわせしても、道徳的にとか倫理観がとか教育的にとか子供に悪影響がとかばっか言って、漫画家や編集者に煙たがられていたのがさ。担当した『スイキューーガールズ』がヒットして、原作の中目黒さんのお供で、夜な夜な六本木にいくようになったら、すっかり感化されちゃって」

「それじゃ、あのひと、平林さんの担当でもあったわけですか」

「ヒラリンさんは一度もキャバクラにいったことがないはずよ。愛妻家で家族思いだから、そういうところにいきたがらないの。彼が原稿を描いているあいだ、中目黒さんと小瀬で呑み歩いていたわけ。その中目黒さんのせいで、あの漫画が打ち切りになって、小瀬もしばらくおとなしくしてたのが、一年くらい前から、またキャバクラ通いを再開したとは聞いていたわ。でもまさか未成年のきみを連れていくとは信じらんない」

いったきみもきみだよと、言いかねない勢いだ。あまりの後ろめたさに宏彦はつぎの言葉がなかなかでてこなかった。そしてしばらく間があってからだ。

「ほんとよ」伊勢崎が呟くように言うのが聞こえた。「メジャーズは来年の春、三月下旬号で休刊になるわ。漫画家をはじめ、関係各方面には今月末に伝えて、来月なかばに情報解禁をする予定」

「伊勢崎さんはいつ知ったんです？」

「先週の金曜」美和が学校で倒れたのとおなじ日だ。「メジャーズ編集部が全員、社長室に呼びだされて、社長の口から宣告されたわ。寝耳に水だったのよ。何年も前から赤字だったのはたしか。でもそれを言ったらBBをはじめ、よその雑誌もおんなじだもの。っていうか、そんな中でメジャーズはちょっと上向きだったんだから。あと二本、せめて一本は『エスパーヤンキー』級に単行本が捌《は》ける作品があれば、黒字に転化できるっていうとこまできてたの。ほんとよ。きみの作品だって、そうなる可能性が大きかった」

「でも休刊になったら、俺の連載はあり得ないわけですよね」宏彦は言った。伊勢崎にむかってというよりも、自分自身に言い聞かせるようにだ。「だったらどうして二話目のネームについて、話をしようとしたんですか」

「さっき言ったとおり、来春の休刊は今月末までナイショなんで、でもまさかきみが小瀬から、休刊の話を聞いているなんて思ってもなかったし」伊勢崎は次第に歯切れが悪くなる。「それにほら、きみがせっかく描いたネームなんだし、なにも意見しないのは、申し訳ないと思って」

「だけどこの漫画が、日の目を見ることはないんですよね。だったら打ちあわせなんてやるだけ、無駄じゃないですかっ。それともこの先一ヶ月近く、素知らぬ顔をして、打ちあわせをつづけるつもりだったんですか。ふざけるのもいい加減にしてください。俺だってガキじゃないんだ。事情を話してくれれば納得しますよ」

　自分の声のデカさに驚いてしまう。怒鳴るつもりなどなかったのだ。だがもう遅い。

「ごめんなさい」伊勢崎の詫びる声が聞こえた。「悪かったわ。そうよね。私が悪かった。許して」

　できれば許したい。あなたは悪くないと言いたい。でも頭に血がのぼって、できなかった。

　なんだ、やっぱりガキじゃないか、俺は。

「これだけは言わせて。二話目のネーム、サイコーだった。先輩達の無理難題に屈することなく、一年生の中でカケルただひとり、ハードなトレーニングをすべてこなしていって、最後の最後、河川敷のランニングも完走して、学校に戻ってきて、先輩達を圧倒する場面は鳥肌が立った」

「ありがとうございます」

荻窪のカプセルホテルで、朝方に描いたところである。ノリにノって、鉛筆が止まらないほどだった。宏彦自身、お気に入りの場面だ。そのネームは漫画になって、世にでることはない。それでも褒められればうれしかった。頭にのぼった血も下がっていく。

いくらなんでも単純過ぎやしないか、俺。ガキだからか。

「小瀬がきみにメジャーズの話をしたならよ。BBで描くつもりはないかって、誘われなかった？」

それもお見通しなのか。

「誘われました。でも具体的な話はまったく」

焼肉を食べている最中だった。

沈む船にいつまでも乗っていても意味ないよ。さっさとこっちの船に乗り換えちゃいな。だいたいきみは最初、ウチの雑誌に持ち込んできたんだからさ。ウチで描くのが筋ってもんだって。今度、打ちあわせしよ。きみん家、どこ？　富山？　いくいく。北陸新幹線でピューっていっちゃう。

小瀬がそう言うと、キャバ嬢ふたりが、あたし達もピューって連れてってと甘えた声を発した。

「やってみたらどう？　いまのきみの実力を以てすれば、ＢＢでもじゅうぶん勝負できる。私が保証するわ」

伊勢崎が励ますように言う。それが却って宏彦を寂しい気持ちにさせた。なんだか自分が見捨てられたみたいに思えたのだ。

「たとえばですよ」ふと気づいたことを、宏彦はそのまま口にした。「メジャーズが休刊になったあと、伊勢崎さんがＢＢに移れませんか。それでまた、俺の担当してください」

「うれしいこと言ってくれるじゃないの」

「ＢＢじゃなくても、他に漫画雑誌、いくつかありますよね。俺、伊勢崎さんがいった先の雑誌で描きます。ぜひそうさせてください」

「漫画雑誌へいくかどうかだって、わかんないのよ。半年も待ってられないでしょ。ともかく小瀬とまた会って、話だけでも聞いておきなさい。むこうから声をかけてきたってことは、それだけデビューの近道なのよ。そのチャンスをみすみす逃す真似をしちゃ駄目だって。いい？」

正論だ。言い返す言葉がない。そして伊勢崎が宏彦のことを親身になって考えてくれているのも、スマートフォン越しに伝わってきた。

「またキャバクラ、いけるわよ」

「もう懲り懲りです」

「小瀬もはじめはそう言ってたわ」

「勘弁してください」

伊勢崎が微かに笑う。宏彦もつられて笑った。でも寂しい気持ちが消えたわけではなかった。

「きみにバレたからには仕方がないわね。つぎの原稿がおわったあと、『チューボー刑事』のみんなには、休刑の話をするわ。そんときは悪いんだけど、はじめて聞いたふりをして。頼んだわよ」

「だいじょうぶ、兄ちゃん？」

伊勢崎との電話を切ってからだ。自室のドアをノックする音とともに、美和の声が聞こえてきた。宏彦が怒鳴り声をあげたので、心配になったのだろう。学校で倒れたあと、二日ほど寝込んでいたが、いまはすっかり快復していた。

「ああ」宏彦はベッドを下りて、ドアを僅かに開いた。「悪かったな、おっきな声をだして。起きちゃったか」

「寝てなかったよ。なにがあったの？」

「なんでもない」

「なんでもないことないよ」美和の真っ直ぐな眼差しに宏彦は怯んでしまう。「この漫画が日の目を見ることはない、やるだけ無駄とか言ってたじゃない。あたしもガキじゃないんだよ。事情を話してくれれば納得するわ」

さきほど宏彦が怒鳴った言葉を、妹はほぼリピートしてみせた。丸聞こえだったわけだ。だれにも言わないと小瀬と約束はしたものの、こうなればやむを得ない。

「メジャーズが来年の春になくなるんだ」

「嘘」美和は目を大きく見開いた。「雑誌がなくちゃ、兄ちゃん、デビューできないじゃん。どうするの？」

「最初、ＢＢに持ちこんだろ。そんときの編集者さんが連絡してきてな。一度、会ってるんだ」キャバクラの話はできない。ちなみに同人誌即売会についても、妹のみならず、だれにも話していなかった。「これからはそのひとと、打ちあわせをすることになる」

「いまやってる陸上部の漫画を？」

「それはどうかわからない」

「あの漫画、面白いのに。ナナハンさんと打ちあわせして、直す度によくなってたし」

ナナハンさんとはもちろん伊勢崎のことだ。いつしか美和はそう呼ぶようになっていた。

「あのひとは兄ちゃんの良さがわかってた。それを伸ばしてくれたと思うんだ、あたし」

さすが我が妹。よくわかっている。

メジャーズが休刊になることよりも、伊勢崎と漫画をつくっていけなくなるのが、宏彦には痛手なのだ。

「二話目もできてるんだ。読むか」

「うん。読ませて」

宏彦はリュックサックに入れたままだった二話目のネームをだして、美和に渡した。

「ねぇ、兄ちゃん」

「なんだ」

「自棄起こしちゃ嫌だよ」

美和は静かな口調で言う。その目の奥に怯えが潜んでいるのを、宏彦は見逃さなかった。

「だいじょうぶだ」

「壁に穴を開けたり、お父さんと喧嘩したりするのもナシだからね」

大学の推薦が取り消しになったときに、宏彦がやらかしたことだ。壁の穴は自室にあった。怒りに任せ、拳で殴り、開けてしまったのである。いまはカレンダーをかけて隠していた。父とは玄関先で喧嘩した。近所のひとが警察を呼び、パトカーがかけつけたときは、喧嘩どころではなく、父子で青ざめたものだった。

「心配するな。あんなことは今後一切しないって、あんとき約束しただろ」

「信じてるからね、兄ちゃんのこと」

そう言い残すと、美和は自室へ戻っていった。


これもう、意味ないってことか。

翌朝だ。宏彦は六時に起きて、ランニングウェアに着替えて家をでた。自宅周辺をランニングするようになってから、一ヶ月半が経つ。上京しているとき以外、ほぼ毎日だ。多少の雨であれば、合羽を羽織ってでも走った。陸上部の漫画を描くうえで、自分をモデルあるいは実験台にするためだった。

だがメジャーズの休刊が決まったいま、走らなくてもいいのではないか。折り返し地点に近づいてきたところで、宏彦は気づいた。しかも体重も元に戻っている。五キロの減量に成功し、身体が軽くなり、一ヶ月半前と比べ、タイムもだいぶ短くなった。ならばいっそう、走る意味はない。

なにやってんだろ、俺。

でもだからといって走るのは嫌ではない。明日からも走ろうと思う。身体を動かしていると気持ちが落ち着くのはたしかだ。

樹齢三百年になるケヤキが見えてきた。この木と道を挟んでむかいにある神社へと入っていく。ここが折り返し地点で、いつもお参りをして帰るようにしている。賽銭はあげない。手を叩いて頭を下げるだけだった。

家をでたときにはまだ薄暗かったのが、次第に明るくなってきた。雲ひとつない見事な秋晴れだ。静謐な境内に陽が射しこみ、どこか霊験あらたかですらあった。

お参りを済ませ、振り返った途端だ。目の端に人影があった。

まさか。

そちらに顔をむける。上下ともにグレーのスエットを着たその女性を見て、宏彦は焦った。彼女は身体を折り曲げ、手を膝につけ、肩で息をしながら、宏彦のほうを見ている。

「やっぱ、足ぃ速いね、ヒロくん」

〈りりあん〉こと栗原理莉子だ。身体を真っ直ぐにして、宏彦のほうに歩み寄ってきた。

「どうしてここに？」シカトして逃げるわけにもいかず、宏彦は訊ねた。「東京じゃないのかよ」

栗原は高校時代のクラスメイトの名を挙げた。彼女がいちばん親しくしていた女子である。

「一昨日の夜、ヒロくんが毎朝、ランニングしているらしいって、彼女とのＬＩＮＥのやりとりで知ってね。そしたらいてもたってもいられなくなって、昨日、こっちに戻ってきたんだ。それで今朝五時半に起きて、始発の電車でここまできてさ。この神社のあたりでヒロくんを見かけたひとがいるっていうから、待ち構えるつもりで、駅をでて歩いていたら、走ってるヒロくんがいたんで、慌てて追いかけてきたんだ」

栗原は額に流れる汗を左手の甲で拭う。朝陽を浴びたその顔が、ずいぶんとおとなびて見えた。高校を卒業して半年しか経っていないというのにだ。東京に暮らしているからかもしれない。彼女の住む吉祥寺をネットで調べたことがある。関東で住みたい町の堂々一位だった。ちなみに西武新宿線沿線は石神井《しゃくじい》公園がかろうじて百位で、下落合も下井草も圏外だった。

「大学の推薦は取り消しになったけど、どこかから誘いがあって、選手として復帰するために調整しているんじゃないかって、高校んときの友達のあいだでは、噂になってるらしいわよ」

「そんなはずないだろ」

「だよね。いまは漫画家の修業中だもんね。ヒロくんが漫画雑誌で新人賞を獲ったたって伝えたら驚いてたよ。だれにも言ってなかったの？」

メジャーズで、それも本名で発表されていたのに、だれも気づかなかったのか。休刊になるのも当然か。

「言う必要ないし」

ぶっきらぼうな口ぶりで答えてすぐ、宏彦は後悔した。栗原が哀しげな顔になったからだ。同時にその顔はずるいぞとも思う。

「大学、いいのかよ」

「今日は午後から授業なんだ。でもほんと、ヒロくんに会えてラッキーだった」

俺に会ってどうするんだよ。

そう言いかけたが、やめておいた。栗原がまた、哀しげな顔になるのを避けるためだ。

「金沢でのこと、だれにも言ってないよな」

「言うはずないでしょ。だれにも言わないってふたりで誓ったんだから」

去年の十一月、勤労感謝の日に宏彦と栗原は、金沢へデートにでかけた。黒部駅から二時間近く電車に揺られ、昼過ぎには金沢に着いた。

ふたりして金沢まででかけたのは、この日がはじめてだった。どうということのない、ふつうのデートだった。映画を見たあとに茶屋街を散策して、そのあいだに軽くお茶をして、金沢21世紀美術館を無料ゾーンだけ見学し、その時点ですでに夕方の五時になっていた。

早めの食事を摂って、七時に金沢をでるのはどうかと言ったのは栗原だった。宏彦に異存はなかった。しかも彼女はそのための店をすでに選んでもいた。犀川《さいがわ》沿いにあるそこへは、以前に五歳上の姉といったことがあるとかで、ネットで予約さえしてあった。つまりすべては彼女の計画どおりだったのである。こじゃれたカフェで、デザートよりも食事がメインの店だった。個室ではないにせよ、各席がカーテンで仕切られ、ふたりきりの世界を築くことができた。

ワイン、呑んでみない？　姉さんときたとき、あたし、三杯呑んでも平気だったのよ。せっかくの記念日だし。

なんの記念日だよ。

つきあって、十九日目。

栗原の提案を、宏彦は笑いながら承諾した。高校に入ってから、父の晩酌につきあうことは何度かあった。とは言っても、せいぜいビールをコップに一杯か二杯である。ワインが呑めるかどうか、いささか不安だった。しかしここで拒んだら、カッコがつかないと思ったのだ。

栗原は白ワインをデカンタで頼んだ。運ばれてきたワインの瓶を指差し、この容れ物がデカンタで、だいたいグラス六杯分なの、と彼女は教えてくれた。半分ずつとして三杯かと宏彦は思った。そのノルマを果たすことはできた。

ヒロくん、お酒、強いんだぁ。

そう言う栗原は顔を真っ赤に染めていた。舌ったらずなのは、呂律《ろれつ》が回っていないからだった。明らかに酔っ払っていた。

カフェは金沢駅まで歩いていくには遠く、バスを使ったほうがいい。そのため六時半に店をでると、栗原が宏彦の右腕に両腕を絡みつけてきた。昼間のデートでは手を繋ぐのも戸惑ったほどだったにもかかわらずだ。しかも身体を擦り寄せてくる。しなだれかかっていると言ったほうが正しい。犀川沿いを歩き、バス停へむかう途中だ。

河川敷に下りましょうよ。いいでしょ。

栗原が宏彦の耳元で囁いた。吐息混じりのその声に、逆らえるはずがない。彼女を支え、河川敷へ下りていこうとしたときである。

おまえ、豊泉宏彦だろ。

フルネームで呼ばれ、声のするほうをむくと、男が三人並んで立っていた。

こんなとこで、女といちゃついているなんて、いいご身分だな。

真ん中の男が言った。宏彦を呼び止めたのも彼にちがいない。街灯に照らされるその顔になんとなく見覚えがあった。どこかよその高校の陸上部で、おなじ学年ではなかったか。県大会かなにかで、おなじレースに出場した記憶もなくはない。ただし言葉を交わしたこともなければ、名前も知らなかった。マークするほどの選手ではなかったからだ。

俺がどこでなにしていようと勝手だろ。

そりゃ勝手だけどよぉ。大学にスポーツ推薦でいくほどの優秀なお方が、酒呑んでんのはマズくね？

マズい。こうして、ひとに見つかったら、なおのことである。宏彦だけではない。栗原も酒を呑んでいるのだ。あまりに軽率だった。一瞬で酔いが冷め、それまでの甘いムードもぜんぶ、吹き飛んだ。

むかって左側の男がスマートフォンを宏彦達にむけた。写真か動画を撮るつもりにちがいない。

やめろっ。

宏彦はスマートフォンを奪い取り、河川敷へ放り投げてやった。

なにすんだ、てめぇ。

悲鳴に近い声をあげ、持ち主の男が河川敷を下っていく。

ヒロくんっ。

逃げろっ。

栗原の名前を言いそうになる。それは駄目だ。この三人に彼女の正体をバラすわけにはいかない。

あんたは関係ないっ。この場は俺に任せろ。走って逃げるんだっ。

こんな漫画みたいな台詞を、自分が言うときがくるとは思ってもいなかった。見覚えのある男が走りだす。栗原を追いかけるつもりらしい。宏彦は体当たりを食らわした。咄嗟にしてはウマくいった。男は河川敷へ転げ落ちていったのだ。宏彦はなんとか踏みとどまり、栗原のあとを追おうとする。でもできなかった。

うがぁぁあぁぁあっ。

残りのひとりが、獣のごとき咆哮《ほうこう》をあげ、宏彦に飛びかかってきたのだ。ふたりもまた縺《もつ》れたまま、転がり落ちていった。世界が何回も廻り、呑んだばかりのワインが身体の隅々までゆき渡っていく。そんなことはあり得ないにせよ、そう思えてならなかった。

どけよぉ、重てぇんだよぉ。

止まったはいいが、男ふたりで重なりあった状態になっていた。宏彦が上で、下の男がもがいている。宏彦だってどきたい。しかし世界がまだ廻りつづけているせいで、身体が言うことを聞かないのだ。胃袋から食べたばかりのものが、ワインとともに逆流してくるのを感じる。

だれか俺のスマホ、いっしょに探してくれって。買ったばっかなんだってば。

てめえでなんとかしろっ。豊泉はどこだ、豊泉はっ。

ここだ、ここっ。俺の上、乗っかって、どかねぇんだよぉ。なんとかしてくれよぉ。

下の男がさらにもがきつづけ、どうした加減か、彼の左右どちらかの膝が宏彦の腹を直撃した。その拍子に逆流してきたものが、口から噴きでてしまった。

や、やめろ、よせっ。

さすがに下の男が気の毒に思えたものの、宏彦自身、どうにもならなかった。

きみ達、そこでなにをしてるんだっ。

土手の上から、野太くて威圧的な声がした。

その声の主は地元の警官だった。それから先、宏彦の記憶は途切れ途切れにしかない。

半醒半睡というか、半醒半酔の状態だったせいだ。嘔吐して胃の中は空っぽだったが、胃液がこみあげて、気持ち悪くもあった。

制服の警官幾人かにしょっぴかれた記憶はある。交番であれこれ訊かれたこともだ。しかし宏彦は頑に答えずにいた。スマートフォンを渡したが、暗証番号は教えなかった。訊かれても適当な数字を言い、ごまかしつづけた。身元がバレたらヤバいと思ったからである。交番にいる段階ですでに手遅れなのだが、酔った頭ではそこまで考えがまわらなかったのだ。

そしてこれが却ってまずい結果を招いた。絡んできた男達が、宏彦の名前ばかりか学校名も警官に話していたのだ。陸上部で、大学にスポーツ推薦が決まっていることまでもである。そして警官は学校に電話をしてしまった。部活などで幾人かいた教師の中に、陸上部の顧問もおり、彼は校長と宏彦の自宅に連絡をした。このへんの事情はのちに聞いた話だ。

陸上部の顧問と父が交番にあらわれ、ふたり揃って警官にペコペコと頭を下げていたのは覚えている。交番近くの駐車場に、父は車を駐めていた。そこまで父と顧問に挟まれ、歩いたはずだ。ふたりとも一言も発しなかった。その沈黙に耐え切れず、これならば怒鳴られたり、殴られたりしたほうがマシだと思った。

家に戻ったのが何時だったか、わからない。母も妹もまだ起きていた。いまにも泣きだしそうな美和を見て、胸が締めつけられる思いに、息苦しくなるほどだった。母に風呂へ入るよう促され、シャワーだけ浴びて、自室に入り、ベッドに倒れこんだ。

夜中に一度、目覚めた。金沢での出来事がすべて、夢か幻に思えてならなかった。だったらいいのに、という願望がそう思わせたのかもしれない。リュックサックに入れてあったスマートフォンを取りだすと、夢でも幻でもないことがわかった。栗原から宏彦の身を案じるLINEが山ほど届いていたからだ。その中には〈いま一一〇番通報しました〉というのがあった。時刻をたしかめると、午後六時五十七分だった。河川敷に警官が駆けつけたのは、この通報があったからだろう。余計なことを、とは思わない。栗原が宏彦を心配したからこそだ。

最後のLINEは午前二時四十二分だった。ほんの十分前である。

〈返事遅れてごめん。いろいろあってスマホを見る暇がなかったんだ。帰ってからはすぐ寝ちゃったし。あれこれあったけど、心配しなくていい〉。そう書いてから〈いろいろあって〉と〈あれこれあったが〉を削り、送り返した。

〈よかった。無事だったのね。怪我はしてない？〉

〈だいじょうぶ。今日のことはだれにも言っていないだろ〉

すでに〈今日〉ではないが、かまわずに送信する。

〈言ってないよ〉

〈これから先も言っちゃ駄目だ。誓ってくれ〉

〈わかった。誓う〉

そのあとだ。栗原から金沢で撮った写真が、LINEでつぎつぎと送られてきた。どれも宏彦と栗原のツーショットだ。ふたりとも笑っていた。とても幸せそうだ。バカップルと言ってもいい。何枚もの写真を見ながら、宏彦はひとり、咽《むせ》び泣いた。

つぎの日の朝、父の車で学校へむかった。母もである。車中では母に、前の晩の出来事について訊かれた。推薦が決まった大学へひとりで見学にでかけ、その帰りに、女子大生っぽいひとに声をかけられ、夕飯をともにすることになった、犀川沿いの店に入ったが、いまいち場所ははっきりしない、そこでワインを三杯呑み、表にでたところで男三人に絡まれた、女子大生っぽい子を巻きこんだら可哀想なので逃げろと命じた、気づいたら河川敷に転げ落ちてゲェゲェ吐いていた、そこに警官があらわれた、女の子はミツシェルと名乗ったが、間違いなく日本人だった、連絡先もなにも訊いていない、写真も撮らなかったと、宏彦は堰を切ったように、息つく間もなく話した。栗原を守らんがための嘘だ。

学校に着いてからも、校長をはじめ、陸上部の顧問、学年主任、クラス担任といった面々の前で、おなじ話をした。

申し訳ありませんでした。

宏彦は深々と頭を下げた。両脇にいた両親もだ。さすがにこのときは心が痛んだ。そしてまた先生達のだれかしらの口から、栗原の名前がでたらどうしようと気が気でなかった。

処分は三日後に決まった。退学は免れたが、大学のスポーツ推薦は取り下げとなった。そして一週間の自宅謹慎付きだった。

きみが辞退したというカタチを取ることで、大学にも納得してもらった。我々のできる情状酌量はこれが精一杯だよ。

校長の恩着せがましい口ぶりに、宏彦は苛立ちを覚えた。しかし悪いのは自分である。なにはともあれ、栗原のことはバレずにすみそうだ。ただし油断はできない。

その日の夕方過ぎ、陸上部員やクラスメイトなどから数限りないLINEが届いた。みんな宏彦が大学のスポーツ推薦を取り消しになったことを知っていた。陸上部の顧問やクラス担任などから発表があったわけでもないのに、どこからか情報が洩れたらしい。丸一日、その話題で持ちきりだったという。

だれもが慰め励まし、あるいはその両方の言葉を綴っていた。その中には意中だった陸上部の後輩もいた。もしもだ。この子にコクって、つきあうことにでもなっていたら、こんな目に遭わなかっただろうにと、思わないでもなかった。ならば栗原がコクったときに断るべきだったのだ。結局、悪いのは自分でしかない。

みんなのＬＩＮＥを読みすすめていくと、金沢での出来事はだいぶ話が盛られて伝わっているのがわかった。元の話自体、宏彦の嘘が混じっていたにせよだ。なにせ酔っ払い達に絡まれていた女性を救わんがため、宏彦が缶ビールをイッキ呑みして勢いをつけてから、立ちむかったということになっていたのだ。いくらなんでも美化し過ぎである。

栗原からのＬＩＮＥもあった。

〈あたしのせいで、こんなことになって、ほんとにごめんなさい。どこかで会って話できない？〉

〈いま、ふたりで会うのはやめておこう。それと念を押しておくけど、あの話を他人にしちゃ駄目だ。きみもマズいことになりかねない〉

〈いつになったらふたりで会える？〉

〈卒業までの我慢だ〉

「なのに高校を卒業してからも、ヒロくん、あたしと会おうとしなかった」栗原は呟くように言った。それでも朝の静けさの中で、宏彦の耳にはじゅうぶん届いた。「このあいだ、ようやく電話にでたと思ったらなによ。ぜんぶおわったことだ、俺のことなんか忘れてくれだなんて、どういうこと？　あんまりだわ。教えて。なんでずっと会ってくれなかったの？」

射るような視線で栗原は宏彦を見ている。すでに汗は引いていた。凛《りん》とした表情でいながら、触れれば壊れてしまいそうな脆さもあった。

あの日から一年近く、俺は彼女を苦しめていたのだ。

そのことに宏彦は気づく。

だとしたら正直に話すべきだろう。

「怖かったんだ。会ったら、きみを責めたり咎めたりしてしまうんじゃないかって。きみのことを必死に庇って、バレずに済んでよかった、大学の推薦が取り消しになっても悔いはない、運命だと諦めもした、一年浪人してどこか別の大学へいけばいいと自分に言い聞かせ、納得したつもりだった。ところがまわりのみんなが卒業後の進路が決まっていく中、自分だけが取り残されている気持ちになって、次第に情緒が不安定になっていったんだ。俺はこの先、どうなるんだろうと不安でたまらなくなり、抑え切れない衝動で、家の中で暴れるようにもなった。自分の部屋の壁に穴を開け、父と摑みあいの喧嘩までしたんだ。もしきみとつきあっていなければ、こんなことにならなかったのにと、きみを恨むようにさえなった」

「当然だよ。あたしのせいで、あたしがワインを呑ませて、河川敷に誘わなければ、あんなことにはならなかったんだもん。だからなおのこと、会ってほしかった。あたしを責めて咎めてくれればよかったのに」

「莫迦言わないでくれ。そんなこと、できるわけないだろ。きみを恨むと同時に、きみが愛おしくて、たまらなくなった。相反する気持ちが胸の中で膨らんでいったんだ。それが情緒不安定の原因でもあったんだ。だけどひとには話せない。しまいには母親に宥《なだ》め賺《すか》されて、病院で診てもらったものの、医者も薬もさして役立ちはしなかった」

「いまもなの？」

「いや」宏彦は首を横に振る。軽く笑ってもみせた。縋るような目つきでいる栗原を安心させるためにだ。「結局、俺を救ったのは漫画だった。漫画を描くことで、気持ちをコントロールできるようになった」


兄ちゃん、また漫画、描いてくんないかな。

卒業式をおえた数日後、昼間にリビングでこたつにもぐり、テレビをぼんやり眺めていると、妹があらわれ、不意にそう言った。

また、というのは昔、描いていたのだ。いつからかははっきり覚えていない。ただ小学校六年のクリスマスプレゼントは漫画家セットだった。漫画の原稿用紙十数枚、Gペン、丸ペン、カラスペン、筆ペン、インク、ホワイトインク、雲形定規、スクリーントーン数種類など画材に加えて、モデル人形に漫画の描き方の本まで入っていた。それから中学三年の夏休み前くらいまでは、熱心に描きつづけた。小学校の頃、無地のノートに描いていたのを、新たに描き直し、ペンを入れていったのだ。

漫画の主人公は男の子だが、名前を妹とおなじミワにした。ミワは拳法と魔法を修行するために、旅をしつつ、悪人や化け物、ときには怪獣などをつぎつぎと退治していく。なんのことはない、要するに好きなロールプレイングゲームのパクリだ。絵柄は人気漫画の真似に過ぎなかった。

読者は美和ただひとりだ。できた原稿を渡すと、妹は目を輝かせた。飽きることなく、何度も読み返し、ミワの活躍に一喜一憂した。

二年半と少しのあいだに、二百ページを描いたものの、完結はしなかった。高校受験で忙しくなってしまったのである。美和も兄の事情を察し、せがまなくなった。高校に入ったら、今度は陸上部で平日のみならず、土日も忙しくなり、漫画どころではなくなった。

ミワのつづきは描けないぜ。

宏彦は素っ気なく言った。話の内容がいくらなんでもガキっぽ過ぎるからだ。だが美和は兄がそう言うのを、予めわかっていたらしい。彼女はこたつの上にBBを置いた。あるページを開いてである。そこには『持ち込み大歓迎！』『漫画家になるチャンスを摑めるかも？』と書いてあった。『かも？』は小さな文字でだ。

あれとはべつの漫画を描いて、これ、いってきたらどうかな。

俺に漫画家になれっていうのか。

おまえだけじゃなくて、もっとたくさんのひとに読んでもらうんだ、それが俺の夢だって言ってたよね。

昔の話だ。

昔はいまと繫がっている。そして未来にも。

美和が決め台詞のように言う。しかも芝居がかってもいた。宏彦は視線をBBから妹に移す。彼女は照れ臭そうに笑っていた。

『Ｓｈａｎｇｒｉ-Ｌａ』の、主人公が言った台詞よ。こうつづくわ。当然だときみは言うだろう。しかしその当然のことをひとは忘れがちだ。昔は昔、いまはいま、未来は未来と分けてしまう。過去を忘れ、未来を信じることなく、いまを生きようとする。愚かなことだ。すべては繋がっている。それが人生だ。ひとばかりではない。犬もまたそうだ。

美和は暗唱しながら、真顔で宏彦を見つめている。その眼差したるや、宏彦の胸の内をすべて見通しているようだった。

ワクワクさせて。

美和は励ますように言った。

あたし、兄ちゃんの漫画を読んでワクワクしたいの。

妹の勧めで描いた漫画原稿を、ＢＢに持ち込んだら、絵柄が青年誌向きだとメジャーズを紹介され、新人賞に応募することを勧められたうえに、そのまま伊勢崎のナナハンに乗せられ、穴守の仕事場へいき、アシスタントとして働くようになった経緯までを話した。できるだけ手短にするつもりが、十分はかかっただろう。

「嘘でしょ？」「ほんとに？」「そんなことってある？」「信じられない」「それでどうしたの？」

栗原はところどころ合いの手を入れるように言い、ときには弾けるように笑った。その笑い声が宏彦にはとても心地いい。こんなことなら、もっと早くに会っておけばよかったと後悔さえした。

「そこで修業をおえたら、漫画家としてデビューができるの？　そうよね。そのために環水公園で編集者のオバサンと、打ちあわせをしていたんでしょう？」

オバサンという言い方には、あきらかに悪意があった。

「そうなるはずだった。でも難しくなった。俺が新人賞を獲った雑誌が、来年の春になくなっちゃうんでね」

「でもそういうのって、他の雑誌でデビューできるんじゃないの？」

「どうかな。まだわからない」

そう答えながら、宏彦は三日前の夜、六本木のキャバクラで、鼻の下を伸ばしていた自分を思いだし、心の底から申し訳ない気持ちになった。今度、小瀬に誘われても、キャバクラはぜったいに断ろう。

「さっきの話だけど」栗原は改めて宏彦を正面から見据えた。「やっぱりいまでもあたしを恨んでいる？」

「それはない」

だれも恨んでいない。絡んできた男達もだ。だれかを恨んだところで、人生が好転するわけでもない。昔はいまと繋がっている。そして未来にも。

「いまはきみが愛おしくて、たまらない気持ちだけだ」

「あたしもだよ、ヒロくん」

栗原は微笑んだ。その笑顔を見て、宏彦は彼女を二度と哀しませる真似はするまいと心に誓った。

「ヒロくん、自宅に帰るんだよね」

「あ、ああ」そうだった。ランニングの最中だったのを危うく忘れるところだった。

「あたしは東京、戻るね。無駄足にならなくて、ほんとよかった。ヒロくんは今度、いつ東京へくるの？」

「たぶんつぎの日曜か月曜にはいくと思うけど」

「そんときまた会える？」

会いたい。しかしだ。

「ちょっと待ってくれないか。さっきも話したとおり、来年の春に雑誌がなくなっちゃうんで、この先どうなるかわかんないんだ。だから」

「いいよ」栗原はあっさり承諾した。「その気持ちわかる。あたしも大学の推薦決まるまで、ヒロくんにコクるの我慢したからね。でもいつまで待てばいい？　ヒロくんが漫画家になるまで？」

はたして俺は漫画家になれるのだろうか。そう思いながらもだ。

「待っててくれるか」

「一年後？　二年後？」

「できるだけ早く」

「そのあいだ連絡も取りあわないの？　言っとくけどね、あたし、けっこうモテるんだよ」

しばらく考えたあと、宏彦はこう答えた。

「それじゃ、ＬＩＮＥだけはありってことで」

ふたりで神社をでた。別れ際にキスはないにせよ、ハグぐらいはすべきかと思った。でも自分からする勇気はない。栗原が求めてきたらと期待したものの、それもなかった。

「漫画、頑張ってね」

宏彦の不埒な考えをよそに、栗原は爽やかに言い放ち、駅にむかって歩いていく。

そうだ、頑張らなきゃな。

メジャーズが休刊になるのは残念だ。でも自分ができることは漫画を描きつづけることしかない。

気持ちを新たにし、宏彦は踵《きびす》を返して走りだした。


悶絶純情グラビアアイドルが、宏彦に投げキッスをしている。これが見納めだ。目に焼きつけておこう。いや、そんなことをしては駄目だ。栗原に申し訳が立たない。宏彦は覚悟を決め、画面左端のゴミ箱のマークをタップし、上山仲子の写真を削除した。惜しい気持ちはある。だが、ほっとしたのもたしかだ。

ハンバーガーを食べようと手を伸ばすと、トレーの上からなくなっていた。驚いたのはそれだけではない。いつの間にか隣の席に吉野がいたのだ。買ったばかりのハンバーガーは、彼がすでに半分以上食べていた。

「い、いついらしたんですか」

「いまさっきだ」少しも悪怯れることなく、吉野は答えた。「おまえ、なんでいつもスマホばっか見てんだよ。もっと視野を広げないと、イイ漫画は描けねえぞ」

あんたに言われる筋合いはない。

できればそう言い返したいところだ。吉野は迷彩柄だが、今日は長袖シャツだ。いつもの黒のボディバッグを斜めにかけ、やたらにポケットが多い深緑のカーゴパンツを穿《は》いている。

黒部で栗原と再会した翌日だ。平林からつぎの月曜の午後四時半に穴守宅にきてくれとLINEが届いた。今回描く『チューボー刑事』は富山編の三回目だ。ネームは二回目と共に完成しており、巻頭カラーの四ページ分は先週の月曜、平林と宏彦で描きおえている。つまり残り十四ページだけなので、ふだんより短時間で仕上がるはずだ。なのにいつもより早めの集合時間だった。

宏彦は長距離バスを利用した。いつもどおり黒部インターまで母に車で送ってもらい、そこを午前十時二十分にでて、下落合に午後三時四十五分到着、そしていつもどおりの西武新宿線で下井草まできて、モスバーガーで腹ごしらえをしている最中だった。

「おまえ知ってるか」

「なにをです？」

「メジャーズが来年の春、休刊するんだってよ」

どうしてそれを？

宏彦は吉野の顔をマジマジと見てしまう。

「だれに聞いたんですか」

吉野は今回の新人賞で準大賞だった女性の名を言った。

「その子と俺、担当編集者がおんなじって話はしたっけ？」

「いえ」でも松屋からは聞いている。

「先週末によ。できたネームをメジャーズに持っていこうとしたら、出版社の前でばったり出会《でくわ》してな。彼女は担当と打ちあわせがおわったばっかでよ。俺を見るなり、もうメジャーズに持ち込んでも無駄だって言ったんだ。出版社の前のファミレスで打ちあわせをしたんだけど、あまりに担当が上の空で変だなと思って問い詰めたら、メジャーズが休刊になるって白状したんだとよ」

「マジですか」

　宏彦は驚いてみせた。少しわざとらしく思えたが、吉野は気にならなかったようだ。

「今回、いつもよりも早くアシスタントを集めたのはよ。伊勢崎さんがその話をするんじゃねぇかと俺は思うんだよね」

　イイ勘をしている。

「おまえ、伊勢崎さんと連載用の企画、やってたよな。あれ、どんくらい進んでた？」

「二話目のネームまでできてました」

「そっか。気の毒にな」

　皮肉や嫌味ではないのが、その口ぶりからわかった。本気で気の毒だと思ってくれているのだ。

「でもがっかりすることはねぇぜ。そうは言ったって、おまえはメジャーズで新人賞の大賞を獲得してんだからよ。もしかしたらよその雑誌から声をかけられる可能性が高い」

「そういうものですかね」もうありましたとは言えない。

「なければないで、新たに原稿を描いて、よその新人賞に応募するなり、編集部に持ちこむなりするんだ。いいか。こんなことで諦めんな。俺もその日はメジャーズにいかず、よその出版社の青年漫画誌にいったんだ」

フットワーク軽いな。

「どうでした？」

「イイ感触だったよ。今度またネームを持ってくことになった」

「よかったですね」

「莫迦か、てめえは。ライバルであるこの俺様がウマくいってるのに、よかったはないだろ。もっと悔しがれ。せめて俺も負けてはいられないって憤るんだ。じゃなきゃあ、この先、やってけねぇぞ」

そして吉野は宏彦の背中をばんと叩く。

痛いっつうの。

宏彦と吉野が着いたのは、約束の時間よりも五分早かった。それでも平林と松屋はすでにいた。伊勢崎もだ。さらには穴守までいた。いてもおかしくない。なにせここは穴守の家だ。しかし彼の姿を見たのはほぼ一ヶ月前、バイ貝を料理しているところにあらわれたとき以来だ。みんなでキッチンの丸い食卓を取り囲んでいたのだが、ぱっと見、だれだかわからなかった。髪と髭が伸び放題だったからだ。そして上下共に水色のスポーツウェアは汚れがだいぶ蓄積されていた。長いあいだ、洗濯をしていないと思われる。

今日は原稿、描くつもりかな。『チューボー刑事』は穴守大地の作品だ。描くのが当然なのだ。でも無理そうだ。なにせ穴守は赤ら顔だった。ひとりで缶チューハイを呑んでいたのだ。

椅子が足りないため、宏彦と吉野はアシスタントの部屋から自分の椅子を運んできて卓に着いた。その途端、穴守がゲフッと大きなげっぷをした。酒の匂いが食卓の上に漂う。

なんなんだ、このオジサン。

「作業に取りかかる前に」軽く咳払いをしてから、平林が言った。「伊勢崎さんからみんなに報せることがあるそうだ」

　やっぱりそうだろ。

　そう言いたげな目で、吉野が宏彦を見た。するとだ。

「メジャーズが休刊になるって話ですよね」

　松屋が言った。茶化すというか、からかうようにだ。アニメ声が苛立ちに拍車をかける。

「どうして知ってるの？」伊勢崎が訊く。ただし驚いていないところを見ると、意外ではなかったようだ。「前田さんとこでだれかに聞いた？」

「そうでぇす。あっちは昨日、今回の原稿をあげたんですけど、その話題で持ち切りでしたよ。前田センセーはノーコメントでした。アシスタントのひとりが、来年の春だって言ってたんですが、ほんとですかぁ」

「ほんとよ。三月下旬号で休刊」

　伊勢崎が観念したように言ったのを聞いても、平林は眉ひとつ動かさず黙ったままだった。事前に彼女から教えてもらっていたのかもしれない。穴守はと言えば腕組みをして瞼を閉じていた。

　まさか寝てる？

「『チューボー刑事』はその最終号で終了、つまり今回描いてもらう十月下旬号を含めて、あと十一回ということになります」

「よその雑誌で、連載をつづけることはないんですか」ふたたび松屋だ。声のトーンが少し変わった。さきほどよりもグッと真剣さも増している。「昨日、聞いた噂だと『エスパーヤンキー』はゴールデンズに移るのが、すでに決まってるって」

ゴールデンズはメジャーズよりも、少し上の年齢層を狙ったおなじ出版社の漫画雑誌だ。

「噂は噂よ」伊勢崎は苦々しげに言う。

「ほんとのとこはどうなんです？」松屋はなおも詰め寄るように言った。「編集者なら知ってるはずじゃありません？　そういうことも来月なかばの情報解禁まで内密なんですか」

「編集部も休刊を宣告されて、十日も経っていないわ。そんなに急になにもかも決まるわけないでしょ。そんくらいわかんないのっ。つまんない噂に惑わされてるんじゃないわよっ」

話をしているあいだに、苛立ちが隠し切れず、遂に伊勢崎は声を荒らげた。いつもクールな彼女にしては珍しいことだ。さすがの松屋も口を一文字に閉ざした。

「ご、ごめんなさい」伊勢崎は我に返ったかのように、トーンダウンし、詫びの言葉を口にした。「怒鳴るつもりはなかったの。ただ、あの、私もメジャーズがなくなったあと、どうなるか不安なのよ。でも休刊まで仕事はきちんとこなすから心配しないで」

「なにが不安なもんですか」平林が鼻で笑う。「メジャーズがなくなっても、会社が潰れるわけではないでしょう。よその部署に異動して、給料は毎月貰える。でも漫画家はちがいます。雑誌がなくなれば、原稿料が入らない。ただのプータローと化すだけだ」

冷ややかで平淡な物言いなのに、凄みがあった。伊勢崎は返す言葉がなく、押し黙ってしまう。

ごくりごくりごくりごくり。

沈黙の中、聞こえてきたのは穴守の喉の音だった。彼は缶チューハイを口につけ、最後の一滴まで呑み干していた。

「叔父さんっ。これ以上呑みつづけたら、責任は持てないって、医者にお酒、止められているんでしょ」

松屋ががなり立てた。伊勢崎に対する不満を、穴守にぶつけたにちがいない。八つ当たりもいいところである。しかし穴守自身はまるで堪えていなかった。それを証明するかのように、彼は蛙の鳴き声に似た長くて大きなゲップをした。そして徐《おもむろ》に言った。

「伊勢崎さん、話はおわりかい？」

「え、ええ」

「ではみなさん、そういうことなんで。長いあいだ、ご苦労様でした。残り十一回も頑張ってください。よろしくお願いします」穴守はゆらゆらと立ちあがった。「それじゃあ、俺がいると邪魔だと思うんで、ここらで失礼させていただきます」

「どこへいくんですか」

宏彦だ。気づいたら呼び止めていた。穴守からの答えはない。酒で濁った双眸を宏彦にむけただけだった。

「漫画、描かないんですか。『チューボー刑事』は穴守さんの作品ですよね。穴守さんが描いてしかるべきじゃないですか。どうして描かないんですか」

「無理言わんでくれ」

穴守が呟く。悪い冗談でも聞かされた表情になっている。それがなおのこと、宏彦を苛つかせた。椅子から腰をあげ、穴守の前に立つ。

「なにが無理なんです？　ふざけないでください。俺達はみんな、必死に漫画とむきあっています。一生懸命、漫画を描いている。なのになんだ、あんたは。自分で話もつくらない、絵も描かない、自分の漫画をアシスタントに丸投げして、酒浸りになって、どういうつもりなんだ。漫画を蔑ろにするのも大概にしろ。それでいいと思ってんのかよっ」

宏彦は穴守の胸倉を摑み、引き寄せた。酒臭さがぷんと鼻を突く。

「やめて、豊泉くんっ」「よせっ」

平林をはじめ、みんなが止めにかかる。

自棄起こしちゃ嫌だよ。美和が言ったのを思いだす。彼女の目の奥に怯えが潜んでいたこともだ。宏彦は穴守の胸倉から手を放す。

「思ってないさ。全然よくない。でもね。どうしようもないんだ。許してくれよ。そのぶんアシスタント代もアップしたろ。もっとほしいのかい？　あげたいのは山々だが、俺の原稿料もそうは高くないんでね。あれで精一杯なんだ」

「そういうこと、言ってるんじゃないんです。俺、漫画家になりたいんです。漫画家を目指してるんですよ。でもね。漫画家になったとして、いきつく先があんたみたいじゃ困るんです。しっかりしてください。俺に夢、見させてください」

宏彦は頰を熱いものが伝っていくのを感じ、慌てて手の甲で拭う。

「ヒラリン」穴守が言った。「悪いけど、アシスト部屋から、紙と鉛筆を持ってきてくんないかな」

「俺、いきます」

吉野が答え、すぐさま紙と鉛筆を持ってきた。そのあいだに穴守は椅子に座り直す。そして鉛筆を握りしめ、紙にその先をつける。宏彦は鼻を啜りながら、固唾を呑んで見守った。伊勢崎に平林、吉野、松屋もだ。

鉛筆が動かない。いや、微かに震えている。やがてその震えが激しくなった。穴守の右手が震えているからだ。彼はその右手を左手で押さえた。震えは止まった。だがそれだけだった。

「描けないんだ」穴守がぼそりと呟いた。「描こうとすると、手が震えて止まらないんだ。酒を抜いても呑んでもおんなじでね。ごめんな。許してくれ。漫画を描きたくても描けない。俺はもう、オシマイなんだ」

8

「マジだって。俺、めっちゃモテるんだってば」

吉野が言えば言うほど、みんな声をあげて笑った。それが吉野には癪らしく、なおも力説する。さきほどからその繰り返しだった。

「わかった、わかった」平林が宥めるように言う。

「なんですか、ヒラリンさん。全然信じてないでしょ。証拠の写真だってあるんですよ。スマホに保存してあるんで、お見せしましょうか」

「いいよ、べつに」と断ったのは松屋だ。「あんたがモテようとモテまいと、あたし達には関係ないっつうの。それにモテるったって、相手はキャバ嬢でしょうが」

「そういう言い方はよくないぞ、松屋。おまえは職業差別をするつもりか」

「だからキャバ嬢という職業を全うしてるだけでしょうが。だれが本気であんたを相手にするもんですか」

「なんにもわかっちゃねぇな、おめえは。いいか。彼女達はキャバ嬢である前に女であり、俺は客である前に男なんだ。女がよりいい男を選ぶのは自然の摂理だろ」

「だったらなおいっそう、キャバ嬢はあんたを選ばんでしょうが」

「なんだと、てめえ。うわっ」

吉野が悲鳴をあげ、目を左手で覆う。その手の甲に赤い点があった。平林がレーザーポインターの光を当てたのだ。仕事場から持ってきたらしい。

「なにするんですか、ヒラリンさんっ」

「中学生のお嬢さんがいるんだ。キャバ嬢キャバ嬢って連呼するな」

「あたしは平気です」宏彦の隣で美和が小さく笑う。「それより吉野さん、フランクフルト、いい具合に焼けてます。早く食べないと、焦げてしまいますよ」

　ここは魚津にある海の駅だ。宏彦に美和、そして平林、松屋、吉野の五人は炭火焼のできるテーブルを囲んでいた。網の上では鯵《あじ》やホッケの干物や、サザエやバイ貝、ホタテ、海老、イイダコ、鮪の頬などが、じゅうじゅうと音を立てて焼かれている。その中にフランクフルトがあった。あきらかに場違いだ。

「ほんとだ。教えてくれてありがと。きみは気が利くいい子だな。兄さんとは大違いだ」

「俺だって吉野さんにはだいぶ、気ぃ遣ってたつもりですが」

　下井草のモスバーガーで、ひとのハンバーガーをあれだけ食べていたではないか。だがもうそれもおわりだ。これから先、下井草にいくかどうかもわからない。

「つうか、吉野、なんでここまできてフランクフルトなんか食ってるんだ」平林は呆れ顔だ。「天然の生け簀が目の前なのによ。海の幸食え、海の幸」

「ヒラリンさんだって知ってるでしょ、俺が魚介類全般駄目だって」

富山編以降、宏彦は『チューボー刑事』のネタづくりのため、穴守宅のキッチンで料理の腕を振るうのが恒例となった。最終回までのぜんぶで十数品ほどあったが、吉野は魚介類を扱ったものは、箸さえつけようとしなかった。彼のためにべつに一品つくることもあったくらいだ。

「だったらなんで、ここまできたのよ」松屋がからかい気味に言う。

「このまま別れ難いから、みんなで富山へいこうっておまえが誘ったからだろうが」

吉野はフランクフルトを齧りながら答えた。

三月第三水曜発売のメジャーズ最終号の原稿を描きおえたのは、昨日の明け方だった。午前七時にナナハンで訪れた伊勢崎に手渡したあと、それまでどおりアシスト部屋で、宏彦は自分の机の下に潜りこみ眠っていた。するといつだかのように、背中を蹴られた。ただし松屋よりも痛い。ふりむくと、吉野の顔があった。机の下を覗きこんでいたのだ。

おまえが乗る長距離バス、何時にでるんだ?

下落合駅を午後一時半です。

俺達もいっしょにいく。今日で『チューボー刑事』がおわりだからよ。四人で打ちあげだ。

わざわざ富山までいかずとも、と宏彦は寝ぼけ眼で思う。夢ではないかとも疑った。

富山に着くのは何時だ？

富山駅には八時ぐらいです。でも俺はその手前の黒部で降りて、親に車で迎えにきてもらっていますが。

チューボー刑事が爆弾魔を追い詰めたものの、ギリギリで取り逃がしちゃった海の駅があるだろ。あそこにいって浜焼きを食べたいんだよな。

平林の声がどこからか聞こえてきた。

宏彦は長距離バスが魚津にも停まることを教えた。黒部のつぎなのだ。すると三人はしばらく相談し、魚津で一泊して、明日の朝に海の駅へいくことに決めた。そのあいだに、宏彦は机の下からでてきた。

どこのホテルに泊まるか、教えてください。明日の朝、俺が車で迎えにいって、海の駅までみなさんをお連れしますよ。

新人賞の賞金で、自動車教習所へ通い、二月に運転免許を取得したばかりだ。車は父のを借りればいい。

だったら豊泉くん。松屋が言った。妹さん、連れてきなよ。会わせてちょうだい。

「なんであたしに会いたかったんです？」美和が松屋に訊ねる。ふだんよりもずっと積極的だ。

「豊泉くんからはときどき、美和ちゃんの話を聞いていたのよ。でもいまいち現実味がなかったんだよね。もしかしたら豊泉くんの頭ん中にしかいないんじゃないかしらと思って。だから実在するかどうか、たしかめにきたの」

「マジですか」と言ったのは宏彦だ。

「でもほんとにいるとはな」焼いた海老の殻を剝きつつ、平林が言った。「俺達三人ともいないと思ってたんだ」

俺はそんなヤバいヤツだと思われていたのか。

「その気持ち、よくわかります」

なにを言いだすんだ、俺の妹は。

平林と牛丼屋コンビも不思議そうに美和を見ていた。

「じつはあたしも似たことを考えていたんです。つまりみなさんがあたしを兄さんの想像の産物だと疑っていたのとおなじように、あたしもみなさんが兄さんの想像の産物ではないかと。こうして実在してて、ほんとよかったです」

「それはどうかしら」松屋が意味ありげに笑う。「嘘がバレないよう、あたし達三人、豊泉くんに金で雇われた役者かもしれないわよ」

「あたしもそうだとしたら、どうします？」

美和がすぐさま言い返す。

「だとしたらなに？　実在しないもの同士を会わせてるってこと？　どうなの、豊泉くん」

「なにわけわかんないこと言ってんですか。みなさん、ちゃんと実在してるでしょうが」

「穴守先生は実在しているんですよね」

美和が言うと、みんなちょっと困った顔になった。


その穴守はいま、都内の病院に入院中だ。アルコール依存症の治療のためである。面倒を見ているのは、松屋の母、つまりは穴守の姉だという。

穴守本人としてはなるべく早く治して、『チューボー刑事』を描くつもりでいたが、生憎そうはいかなかった。それでも最後の四回分は穴守自身が描いたネームだ。年明けすぐ、アシスタント全員と伊勢崎の五人で、穴守の見舞いにいったとき、渡されたのだ。その場で読まされ、なおかつ意見も求められた。昔とおなじマッチ棒みたいなキャラで、吹きだしの文字も読みづらかったものの、話の流れは理解できた。

四回分でひとつの話で、チューボー刑事がイイ仲の料理研究家にプロポーズするという、おめでたムードから話がはじまる。ところが挙式当日、富山で取り逃がした爆弾魔からチューボー刑事のケータイに電話がかかってきた。都内にある三ツ星レストランのいずれかに、爆弾をしかけたというのだ。かくしてチューボー刑事は都内を駆け巡り、爆弾魔逮捕に乗りだす。最終回は爆弾魔の正体も明かされ、大団円を迎えていた。

長い連載のそこかしこにあった伏線が活かされ、マッチ棒のキャラクターでも、じゅうぶんおもしろさが伝わってきた。料理はほうれん草のおひたし、しじみのみそ汁、ポテトサラダ、そして最終回は目玉焼きとシンプルな家庭の味を揃え、これらをチューボー刑事と料理研究家が危機また危機の中、仲睦まじく作っていく。

全然まだ、オシマイじゃなかったじゃないですか、穴守さん。

我が事のように喜んだのは伊勢崎だ。

サイコーです。これでいかせてもらいます。いいですよね、ヒラリンさん。

伊勢崎の言葉に、平林は頷いた。

丹誠こめて描かせてもらいますよ。

すまんな。頼んだよ。いまの俺ができるのはここまでなんで。

恥ずかしそうに笑いながら、そう言ったあとだ。穴守は宏彦に顔をむけた。

きみに夢を見せることは無理かもしれん。でも俺は俺なりに必死こいて頑張るから、きみも頑張れよ。

穴守が描いたネームの回は人気を博し、読者のアンケートは二位までのぼりつめた。伊勢崎の話では最終回は『エスパーヤンキー』を抜いて一位になるかもしれないとのことだった。


吉野がべつの出版社の青年漫画誌に持ち込んだのは半年近く前だった。〈イイ感触〉と吉野は言っていたものの、それからひと月も経たないうちに編集者とケンカ別れしてしまった。そして先月なかば、BBの小瀬から連絡があり、すでに五回もキャバクラに連れていってもらっているという。

「五回も？」松屋は露骨にイヤな顔をした。「漫画家が稼いだ金、なにに使ってるんだっつうの。それにタカるあんたもサイテー」

「タカっちゃねえよ。小瀬さんが誘ってくんだよ。それに原作者の鬼龍院華男さんもいっしょだ」

「え？」松屋は平林を横目で見る。宏彦もだ。しかし平林は顔色ひとつ変えず、焼いた蟹の脚の身をほじくっていた。

「そのひとの原作で、漫画を描くんですか」訊ねたのは美和だ。

「まだ本決まりじゃないけどね。他に何人か候補がいてさ。準大賞を獲った女の子もそのひとりだって。でも小瀬さんの話だと、俺が一歩リードしてるみたい。BBでも別冊だけどよ」

「ビッグチャンスじゃねぇか。ぜったい連載とって、デビューしろよ。ここが勝負どころだぞ」

「ヒラリンさんに言われなくたって、頑張りますよ。なにせ苦節十年ですからね。これでデビューできなきゃ、田舎に帰る覚悟です」

「原作者の鬼龍院ってここに」平林は左の眉の端っこに人差し指をあてた。「傷跡がある強面の男じゃないか」

「そうです、そうです。はじめて会ったときは、堅気じゃないひとかと思いましたよ。しかもイタリアだかどこだかのスーツ着て、指にたくさん指環つけましてね。そんな風体なのに、元はラノベの作家で、原作者としては『ぼくのカノジョがラスボスのはずがない』がデビューだって話です。もしかしてヒラリンさん、どっかで会ってます？」

「いや」平林は首を横に振った。「知ってるヤツに似てるが、たぶんちがう」

平林が言う知ってるヤツは中目黒サンマなのか。そしてほんとに、ちがうのだろうか。大いに気になるところだが、宏彦は訊くことができなかった。松屋は興味深そうでいながらも、眉間に皺を寄せていた。なんとも複雑な表情だ。やはりその件が気になるのだろう。しかしいまこの席でする話題ではないと控えたらしい。宏彦とおなじく口を噤んでいる。

去年の秋口に、宏彦は小瀬と三度会っていた。ただしキャバクラにいったのは、はじめの一度きりだ。あとの二回は昼間に打ちあわせをするだけだった。そうしてくれと、宏彦が頼んだのである。

二度目に池袋のスターバックスで、カケル（仮名）が主人公の漫画のネームを見せたところ、陸上部なんて地味だから駄目と、ボツにされてしまった。まともに読みもしないでだ。そのあと、どんな漫画を描きたいかと訊かれたので、いくつか挙げたものの、小瀬の反応は鈍かった。

三度目は帝国ホテルだった。そこでおこなわれるよその出版社の漫画賞の受賞パーティに、小瀬が出席するので、その前に会うことになったのだ。

約束の五時にいくと、指定されたホテルのラウンジは想像以上に広く、しばらくうろついていると、すでに席を確保していた小瀬に呼び止められた。強面で、とても堅気とは思えない男性とふたりだった。宏彦が椅子に座ると、小瀬はその男性を紹介した。

こちら、『ぼくのカノジョがラスボスのはずがない』の原作者の鬼龍院華男さん。ぼくが担当なんだ。今度、BBの別冊でも、原作を書いてもらうことになってさ。漫画家をさがしている最中なんだ。それでね。鬼龍院さんにきみの漫画を読んでもらったら、やたら気に入っちゃってさぁ。よかったらどう？　やってみない？

そのときは少し考えさせてくれと答えるのが精一杯だった。鬼龍院華男さんって、淫行で捕まったけど被害者側と示談の結果、不起訴になった中目黒サンマさんですかだなんて、とてもではないが訊けなかった。もしもほんとにそうだったら、平林に申し訳がたたない。

あれこれ考えた末、宏彦は小瀬に断りの電話を入れた。自分には荷が重過ぎるとかなんとか、適当な理由をつけてである。小瀬にはこう言われた。

ほんとに？　鬼龍院さんと組めばキャバクラいき放題だよ。

だったらやっぱり引き受けますと、俺が答えると思ったのかな、あのひとは。

「ヒラリンさんこそどうなんですか。ユーチューバーの話、あちこちの編集部に持ち込んでいるんでしょ」

　吉野が訊ねた。平林は『俺たち、ユーチューバー！』のネームを宏彦だけでなく、吉野や松屋にも読ませて、というか、読んでもらっていた。

「正直、あんまり芳しくないんだけどよ」

「けど、なんスか」

　平林はメジャーズとおなじ出版社がだしている週刊誌の名を言った。ゴシップ記事満載で袋とじが売りのオジサン向けで、コンビニで見かけるものの、宏彦は手に取ったことさえなかった。

「そこの編集者が、原作付きでゴルフ漫画を描ける漫画家を紹介してほしいって伊勢崎さんのとこに話をもってきてるんだそうだ。東京に戻ったら、その編集者に会うことになってる」

「ヒラリンさん、ゴルフ、やったことあるんですか？」

「ねぇよ」吉野の問いに平林は素っ気なく答えた。「でもそれを言ったら水球をしたこともなかったし」

「松屋さんもどっかで連載が決まりそうだって言ってましたよね。ゲームが原作の漫画」

宏彦が言うと、松屋は首を軽く横に振った。

「原作じゃないよ。ゲームのサブキャラを主人公にしてのオリジナル作品」

「なんのゲームです？」美和が身を乗りだして訊ねた。

「『血煙荒骨城』よ。知ってる？」

「知ってます、あたしゲームだけじゃなくて、アニメもぜんぶ見てますし、ノベライズにコミカライズも読んでます。大ファンなんですよ」

そうだったのか。宏彦は初耳だった。

「サブキャラってだれを主人公にするんです？　極楽浄土之介ですか。それとも暗闇谷絶望之丞？」

「諸行無常斎《しょぎょうむじょうさい》よ」

「渋いとこ、いきますねぇ。うわぁ、読みたいですぅ」

ふたりの話に平林と吉野はぽかんとしている。たぶん『血煙荒骨城』を知らないのだろう。宏彦はこの半年のあいだ、松屋に頼まれ、同人誌即売会の手伝いを何度かしていた。その度に光日影丸の格好にもなっている。ただしこの件に関しては平林と吉野にはナイショだった。もちろん妹にも話したことはない。

「そういや、スペシャルゲストはまだか」

吉野が言った。そうだ。危うく忘れるところだった。

「そろそろくると思うんですけど」答えたのは美和である。「どっかで迷ってるのかな。兄さん、ケータイに電話してみたら？」

「そうだな」と答えたときだ。当の本人が店に入ってくるのが見えた。あたりをきょろきょろと見回している。はじめて彼のウチを訪ねたとき、自宅の前でもおなじ動作をしていたのを思いだす。そのときはTシャツに七分丈のパンツだったが、今日は消防士が着るような真っ黄色のコートを着ていた。小柄な彼にはブカブカ過ぎる。しかもなぜか首から双眼鏡をぶらさげていた。

「イブキさぁあん。こっちですぅ」

イブキカンタローのもとへは、二ヶ月にいっぺんの割合でアシスタントに入っている。その話を平林達にしたところ、驚いたことに三人とも『Shangri-La』のファンで単行本も持っていた。今回、富山を訪れるにあたって、妹の美和だけでなく、イブキにも会わせてほしいと三人からせがむように言われた。そして昨日、長距離バスの車内で、イブキにその旨をメールで送ったのだ。

〈どこへいけばいいかな？〉

〈明日の朝十時から、魚津にある海の駅で浜焼きを食べることになっているんですが〉

〈それじゃ、そこにお邪魔させてもらうね〉

イブキの住む轟ヶ丘団地は魚津を挟み、黒部と反対側なので、彼はバスに市電、そして電車を乗り継いで、くることになった。ところが宏彦達が車で魚津に到着したとき、〈電車に一本乗り遅れました。三十分ほど遅刻します〉とメールが届いていた。

「ご、ごめんごめん、遅刻しちゃって」宏彦に気づくと、イブキはひょこひょこと近寄ってきた。「ど、どうもみなさん。はじめまして。今日はお招きいただきありがとうございます。『月刊クレシェント』で、『Ｓｈａｎｇｒｉ-Ｌａ』という漫画を描いています、イブキカンタローです。ひとつよろしくお願いします」

平林達は宏彦を見ている。三人とも納得いかない顔つきで、その六つの目はこう訴えていた。

ほんとにこのひとがイブキカンタローなのか？

気持ちはわかる。宏彦もはじめて会ったときは、信じられなかったものだ。あれだけ緻密で濃厚な世界を描く人物にはとても見えない。売りだし中の若手芸人だって、もう少し威厳があるくらいだ。ひとまず宏彦は平林達を紹介した。美和もフェイスブックではやりとりしているものの、会うのははじめてだった。

「兄がいつもお世話になっています」

「と、とんでもありません。豊泉くんが今度から毎月、アシスタントをしてくれることになったんで、連載のページ数を二ページ増やせます、ほんと、ぼくのほうこそ助かっています」

「あの」松屋が訝しげな顔で訊ねた。まだいまいち、イブキをイブキだと信じ切っていないのかもしれない。

「どうして双眼鏡を持ってきているんですか」

「ここんとこ暖かくて、天気もよかったでしょう。あ、東京からいらしたからわからないか。はは」イブキの返事に松屋はきょとんとするばかりだ。「魚津市のホームページを見たら、発生確率も高かったんで、だから念のために」

そのときだ。外からサイレンの音が聞こえてきた。店内がざわつき、慌てでていくひと達もいた。その数は次第に増えていく。

「ぼ、ぼく達もいきましょう」

イブキが立ち上がり、みんなを促した。宏彦はなにが起きたのか気づいた。美和もだ。しかしあとの三人は驚きを隠し切れずにいる。

「どうした？」「なんなの？」「なにが起こるんだ？」

「蜃気楼です」宏彦が答えた。イブキはすでに外へむかっていたからだ。「沖に蜃気楼が発生したんです。このサイレンはそれを報せるものでして。早くいかないと消えてしまうかもしれません」

宏彦も少なからず興奮していた。じつのところ、魚津には何度となく訪れていながら、いままで蜃気楼を目にしたことがないからだ。

岸一面というか一列に、人集《ひとだか》りができていた。だれもが沖のほうに顔をむけている。ただし薄ぼんやりとしてて、いまいち判然としない。

双眼鏡や一眼レフを構えるひとも少なくなかった。そんな中、イブキもいた。真っ黄色のコートのおかげですぐ見つけることができたのだ。しかもだ。

「見えた見えたぁ。凄い凄い凄い凄ぉい」

双眼鏡を覗きつつ、だれよりもテンション高く叫んでいる。宏彦達がそばまで辿り着くと、その双眼鏡をまずは美和に貸してくれた。

「つぎはあたしね」

「なんでだよ」

「レディファーストって言葉、知らないの？」

牛丼コンビが言いあう隣で、宏彦はジャンパーのポケットに入れたスマートフォンが震えるのを感じた。

〈蜃気楼でてるよ〉

栗原からのＬＩＮＥだ。写真も添付してあった。

〈写真じゃわかんないね。残念〉

いまここに栗原がいるのか。

神社で再会したあの日以来、約束どおりＬＩＮＥだけでしかやりとりしていない。探したい気持ちに囚われたものの、宏彦はぐっと堪えた。

平林も吉野も松屋も、新たな一歩を踏みだしている。だが宏彦はまだだった。といっても半年のあいだ、漫然と過ごしていたわけではない。メジャーズでの連載用としてつくったネームの一、二話あわせて七十ページ弱を、原稿として仕上げることにした。あと数ページで完成する。ひたすら描きつづけ、どこの雑誌へ持ち込むとか、どの賞にだすとかはこれからだ。連載用の二話分なんて、相手にしてくれるかどうかわからない。でも宏彦はこの漫画をどうしても描きたかったのだ。そしてできれば、つづきも描きたいと考えている。

その旨を伊勢崎にも伝えた。昨日の朝、来月には売りにだされるという穴守宅の玄関口で、『チューボー刑事』最終回の原稿を渡すときにだ。

完成したら、東京に持ってきます。読んで意見を聞かせてください。お願いします。

いいわよ。

伊勢崎は一瞬、戸惑いの表情を見せたあとだ。

そう言ってにっこり微笑んだ。伊勢崎の目が潤んでいるのを宏彦は見逃さなかった。

宏彦自身も、胸に迫りくるものがあった。

「肉眼でも見えるようになってきましたよ」イブキが言った。「すごいなぁ。こんなに、はっきりしてるのって、ひさしぶりじゃないかなぁ」

「俺達ってさ。穴守センセーの蜃気楼なようなものだったんだよな、きっと」呟くほどの小さな声だったのに、みんなが平林のほうをむく。「穴守センセーがいなければ実在しないってわけだ」

「冗談じゃないっ。俺達はここにちゃんといるでしょうが。これからですよ、これから。消えてなくなってたまるかっていうんだ。描くぞ。どんどん漫画を描いてやるっ。そうだろ、豊泉っ」

いつかとおなじように、吉野が宏彦の背中をばんと叩いた。

そうだ、そのとおりだ。

描こう、描こう、漫画を描こう。
自信はない、実力もないかもしれない。
だけど自分を信じるよりほかない。
描こう、描こう、漫画を描こう。

いま自分ができるのはそれだけなのだから。

本書は「パピルス」に連載された「コミックサバイバル」を改題し、全面改稿したものです。

二〇〇六年二月号 Vol.4
二〇〇六年八月号 Vol.7
二〇〇七年二月号 Vol.10
二〇〇七年六月号 Vol.12
二〇〇七年十月号 Vol.14
二〇〇八年二月号 Vol.16

JASRAC 出 1801834-801

幻冬舎文庫

●好評既刊
アルテイシアの夜の女子会
アルテイシア

「愛液が出なければローションを使えばいいのに」とヤリたい放題だった20代から、子宮全摘をしてセックスは変わるのか克明にレポートした40代まで。10年間のエロ遍歴を綴った爆笑コラム集。

●好評既刊
女盛りは心配盛り
内館牧子

いつからこんな幼稚な社会になってしまったのか？　内館節全開で、愛情たっぷりに〝悩ましい大人たち〟を叱る。時に痛快、時に胸に沁みる、《男盛り》《女盛り》を豊かにする人生の指南書。

●好評既刊
卵を買いに
小川　糸

素朴だけれど洗練された食卓、代々受け継がれる色鮮やかなミトン、森と湖に囲まれて暮らす謙虚で明るい人々……。ラトビアという小さな国が教えてくれた、生きるために本当に大切なもの。

●好評既刊
いびつな夜に
加藤千恵

気になっていた男友だちに結婚を告げられた夜、着るたびにまだ好きだと思い知らされる元彼のTシャツ、日常のふとした瞬間に揺れる恋心を鮮やかに切り取った短歌と恋愛小説集。

●好評既刊
まっすぐ前　そして遠くにあるもの
銀色夏生

「今日は何かひとつ、初めてのことをしてみよう」「夢のように見えていた　けれどもどれも夢じゃなかった」「今日の中の　よかったことを覚えておこう」春夏秋冬の日々の、写真と言葉の記録。

ウチのセンセーは、今日《きょう》も失踪中《しっそうちゅう》

山《やま》本《もと》幸《ゆき》久《ひさ》

平成30年3月15日　初版発行

発行人――石原正康
編集人――袖山満一子
発行所――株式会社幻冬舎
〒151-0051東京都渋谷区千駄ヶ谷4-9-7
電話　03(5411)6222(営業)
　　　03(5411)6211(編集)
振替00120-8-767643
印刷・製本―中央精版印刷株式会社
装丁者――高橋雅之

幻冬舎文庫

ISBN978-4-344-42710-5　C0193　や-40-1